円満離婚するはずが、
帝王と呼ばれる旦那様を誘惑したら
昼も夜も愛されてます

m a r m a l a d e b u n k o

若菜モモ

マーマレード文庫

目次

円満離婚するはずが、帝王と呼ばれる旦那様を誘惑したら昼も夜も愛されてます

円満離婚するはずが、
帝王と呼ばれる旦那様を誘惑したら
昼も夜も愛されてます

一、思いがけない縁談

大学一年生の冬。私、花野井彩葉《はなのいいろは》に縁談が持ち上がった。

私の父・太一《たいち》は、花野井貿易株式会社という年商売上が百億の中堅企業の経営者だ。輸入・卸売業で海外から家具や日用品を仕入れ、取引先は東南アジアからヨーロッパ圏にわたり、一代で築き上げた本社を品川区に構え、横浜と神戸にも事務所がある。

わが家は、湾岸エリアにあるタワーマンションの４ＬＤＫ、三十階が住まい。四十五階建てのマンションの居住者は、ほとんど会社経営者だ。時々、芸能人を見かけることもある。そのせいか、セキュリティーが厳しくサービスも充実していて、快適さと安心を備えたマンションとして人気だと聞く。

私は中学校から横浜にあるお嬢様学校と言われる学校へ進み、現在は女学院大学の国際交流学部の一年生。ずっと女子校なので、同年代の異性とはほとんど会話をしたことがないが、私には十歳離れた兄・渉《わたる》がいる。

兄は花野井貿易の専務取締役をしており、二年前に同い年の幼なじみだった七海《ななみ》さんと結婚して、同じマンションの二十九階に住んでいる。

優しい家族に恵まれ、大学での友人関係も良好、なんの不満もなく私はこれまで生きてきた。

夕食を食べ終え、「ごちそうさまでした」と口にして立ち上がったとき、父から待ったがかかった。

こんなことはめずらしい。

そう思いながら腰を下ろしたところで、突拍子もない話がもたらされた。

「突然だが、彩葉に縁談があるんだ」

「えっ？」

縁談って、結婚相手を紹介してもらうっていう……あの縁談？

女子校出身で異性とお付き合いをしたこともなく。女子ばかりが周りにいたので、異性の目を気にすることなく今まで過ごし、ほとんど身なりにかまわなかった。

今の私は身長百六十センチ、体重六十三キロのぽっちゃり体型に加え、髪形は昔でいうおかっぱヘア。少々……ううん、だいぶ野暮ったい私だ。

そんな私に縁談？

呆気《あっけ》に取られる私をよそに、父の話は続く。

「相手は篠宮《しのみや》法律事務所の長男・篠宮理人《りひと》君だ」

篠宮法律事務所は国内でもトップクラスの弁護士が在籍しており、丸の内に自社ビルを持つ大手の法律事務所だ。

そこの代表である篠宮弁護士が、花野井貿易の顧問弁護士でもある。

「お父さん、こんなぽっちゃりで地味な私をもらいたいって言う人、いるわけないです」

「いや、お父さんは彩葉のぽっちゃりしたところも可愛いと思っているぞ？　でも万が一、万が一行き遅れになる前に良い話があれば、結婚するべきだと思うんだ」

私の言葉をサラッと肯定した父に、心の中でため息を吐く。

「理人君はとても優秀でな。現在、ニューヨークで弁護士として活躍している。写真と身上書を見てみなさい」

父はすぐうしろのチェストの上にあった封筒を手に取り、テーブルの上に置く。

私は大学生になったばかりの十八歳だ。

結婚なんてまだまだ先のことだと思っているし、自信を持てない自分の容姿に、もしかしたら一生独身かもしれないなんて考えも頭の片隅にあった。

しかし、この身上書を読まずに部屋に戻ったりすれば、ずっとしつこく勧めてくるだろう。

仕方なく封筒を手にし、折りたたまれた用紙と一枚の写真を取り出す。写真は何かの証明写真なのか、無表情ながらも端整な顔立ちの男性が私を見つめていた。

ええっ……？

写真の人物は、縁談の〝え〟の字には一生縁がないだろうと推測できる、まるで俳優のような素敵《すてき》な人だった。

写真から顔を上げて父へ視線を向けると、私の反応に満足したように顔を緩ませる。

腑《ふ》に落ちないまま再び身上書に視線を落とすと、輝かしい経歴に目が丸くなる。

最高学府の大学の法学部を首席で卒業し、在学中に司法試験に合格。

その後、司法修習を受けて弁護士資格を取得後アメリカに渡り、東海岸にある最難関のロースクールを卒業。

現在ニューヨーク在住。

肩書は法律事務所のＣＥＯだ。年齢は三十歳。

なんなの……？　これって、おかしくない？　こんなハイスペックの男性との縁談なんてあり得ない。

何か、裏があるんじゃないの⁉

「この、篠宮さんは……私でもいいと言っているんですか？」

「ああ。今朝、返事をもらっている。彩葉は大学に入ったばかりだから、とりあえず入籍を済ませ、卒業したら数年向こうに住み、いずれは日本へ戻る形になるだろう」

卒業したら、ニューヨークに住める……。

私はこれまで、海外旅行好きな母と一緒に世界各国を旅行している。中でもアメリカは好きな国で、ロサンゼルスやラスベガス、ニューヨークやフロリダなどに滞在し、どれも思い出に残る旅行だった。

いつかは向こうで暮らしたい気持ちもあって、英語のスキルを磨きながら、大学も国際交流学部を専攻していた。

ニューヨークに住めるのは願ったり叶《かな》ったりだけれど、不安なのは私のような野暮《やぼ》ったい小娘が、篠宮さんの妻になってもいいのか。

彼のような魅力的な大人の男性には、洗練された女性がふさわしいのではないか。

「理人君を気に入ったんだな？」

「彩葉、お母さんもとてもいいお話だと思うの。先に入籍するけれど、卒業したあとの結婚生活なんだから、まだ私たちと一緒に暮らせて学生生活を楽しめるわ」

こんなに条件のよい男性なのだから、両親にとって願ってもないことだろう。

相手は知らぬ仲でもなく、花野井貿易の法律顧問のご子息なのだし。

でも、年齢が一回りも違うし、篠宮さんからすれば大学生なんて子供では？　それに、自慢できるところなんてない私との結婚を了承するって、やっぱりおかしいと思う。

「お父さん、お母さん、私を見てください」

椅子《いす》からすっくと立ち上がり、一歩離れてふたりに私の姿をよく見せる。

「私が篠宮さんと並んでお似合いのカップルに見えますか？」

父はすっと目を逸《そ》らしたが、母はにっこり笑って口を開く。

「自分に自信が持てないというなら、今から大学卒業までの期間、綺麗になるように努力したらいいじゃない。あなたは目も大きいし、鼻だってそこそこ高いし、ダイエットをすればもっと可愛くなれるわよ」

「ダイエットなんて……私は食べるのが好きなんです」

「そんなことを言っていると、理人君以外の男とだって付き合うことすらできないぞ」

私を傷つける言葉に、母がいち早く父に向かって頭を左右に振った。

「あなた、言い過ぎです。彩葉、今のままのあなたでいいと言ってくれる男性もきっといるわ。けれど、理人さんのような素敵な人とは限らない。彼にならば、大切なあなたを任せられるわ。親としては可愛い娘に結婚後も苦労をしてほしくないの」

母の言い分は親としてもっともだと思う。

私はちらりと篠宮さんの写真へ視線を落とす。

何度見ても、ドキッと心臓を跳ねさせるほどかっこいい。

「……篠宮さんに会えますか？」

「今週の金曜日に一週間ほど戻って来るそうだ。さっそく食事の段取りをしよう」

「……わかりました。それでお願いします。お会いしたら、先方から断られるかもしれないと覚悟はしておいてください」

私の身上書も篠宮家に出しているはずで、その中に入れた写真がどんなものだったか気になったが、考えても仕方がない。

出しっぱなしにしていた写真と身上書を封筒にしまい、それを持って自室に戻った。

玄関に近い私の部屋は十畳の洋室で、窓からは海が見える。リビングはシティー側になるので、夜になれば都会の夜景が望める。

二十時過ぎの今は外を見ても海面は真っ暗で、遠くのほうで明かりを灯した船が時々通るのがぼんやりと見えるだけ。

ベッドの端に座って、もう一度封筒から写真を取り出す。

艶《つや》やかな黒髪の襟足はワイシャツにかかるくらいの長さで、指どおりがよさそうなくらいサラッとしている。

涼しげな目元に意志の強そうな黒い瞳。この目に法廷で見据えられたら、ブルッと震えあがってしまいそうだ。

鼻梁は高く、唇は薄めなのに官能的に見える。

ちょっ！　官能的って！

自分で突っ込みを入れて熱を帯びた顔をパタパタ手で扇ぐ。

そのまま写真を封筒に戻すと、着替えとパジャマを持ってバスルームへ向かった。


翌日、大学の学食でランチを食べていたとき、父からわざわざスマートフォンに電話がかかってきて、篠宮さんと会う日程が決まったと言われた。

土曜日の昼間に食事を取ることになったが、驚くことに私と篠宮さんのふたりだけで顔を合わせることになった。それが彼の指定らしい。

双方の両親がいないなんて、困惑する。

もしかしたら篠宮さんは、この話を断ろうとしているのかも。

「彩葉、どうしたの？」

スマートフォンの通話を切った私に、同じ学部の友人・佐竹《さたけ》凪子《なぎこ》が不思議そうな顔で首を傾《かし》げる。

凪子に相談をしようと思っていたので、昨晩の信じがたい話をする。

話を聞き終えた彼女はショートカットのブラウンの髪をプルプル左右に振って、驚きに声を失っている。

細身な凪子は切れ長の目にショートカットで、一見、男の子にも見られがちだけど、じつはとても女の子らしい性格をしている。

「まだ十八なのに、結婚って早すぎない？　それにひと回りも違うって、おじさんじゃない。たしかに今後、そんなハイスペックな人と出会う確率は少なさそうだけど」

「う……ん、年齢は離れてはいるけど、おじさんではないかな。あの写真が近々に撮られたものなら、だけど。それに、まだ結婚するって決まったわけじゃないし。実際会ってみたら、断られるかもしれないもの」

複雑な気持ちを払拭《ふっしょく》するように、ランチについていた柿を口に入れて、ゆっくり咀《そ》嚼《しゃく》する。

「まあ、私もいつかは政略結婚の話が降ってこないとも限らないしね」

凪子の父親も会社経営者で、彼女の姉は実際に政略結婚をしていた。

「とりあえず会うことにはなったけど、ふたりきりだなんて緊張しちゃうな」

「そうよね。ずっと女子校だし、男性に免疫ないものね。でも彩葉にはお兄さんがいるからまだいいわ。私なんてアイドルの追っかけで遠くからキャーキャー言ってるくらいだもの」

拗《す》ねたように唇を尖らせる凪子に、私はくすっと笑う。

「さてと、午後から文化交流プログラムよ。中国文化と芸術だったよね。レポートの出来は良い感じ？」

このカリキュラムは苦手だけど、念入りに調べ上げたのでまあまあだと思う。

「まあね。発表させられるかもしれないから必死よ。単位にも響くしね」

凪子も必死にレポートを書いたようだった。

帰宅すると、リビングのカウチソファに振袖が半分畳まれた状態で五枚並べられていた。

「ただい……ま、戻り……ました」

豪華絢爛《けんらん》な振袖に目を奪われる私に、母がにっこり笑う。

「彩葉、おかえりなさい。これを見て」

「お母さん、こんなにどうしたんですか？」

「呉服屋さんを呼んで、持ってきていただいたの。もちろん、理人さんに会うための振袖よ。どれがいいかしら？　やっぱり赤が地色のほうが華やかかしらね」

私にはどれも派手で華やかに見える。

頼れる人のいない顔合わせの場に、こんな身動きできなそうな振袖を着て篠宮さんに会いに行くのは不安だ。

「お母さん、振袖なんて着たら余計に体が大きく見えると思います」

「そうかしらねぇ……」

母はカウチソファに並んだ振袖を、ため息交じりに見遣《みや》る。

「そうですよ。帯だってそれなりに大きいし、お手洗いや食事の時に着崩れしたらどうすればいいんですか？　私は着物の着付けはひとりではまだできませんし、シンプルなワンピースが一番よく見せられると思います」

振袖と私を交互に視線を向ける母は迷っているようだ。ここでもう一押し。

「篠宮さんだって、私が仰々《ぎょうぎょう》しい格好で現れたら困るかと」

「……そうよね。考えてみればそうだわ。ふたりだけで会うんだものね。では、ふさわしいワンピースを明日探しましょう」

振袖を諦めてくれてホッと胸を撫《な》で下ろす。

「明日、講義が終わったら急いで戻ってきてね。銀座へ買い物に行きましょう」

買い物へ行くのはやむを得ない。

ワンピースくらい持っているけれど、大人の篠宮さんと一緒にいても恥ずかしくないような服を選ばなければ。

「わかりました。講義が終わり次第、お母さんに連絡を入れますね」

話を終わらせると、母は名残惜しげな様子で振袖を畳み始めた。


土曜日の十一時三十分。指定された大手町の会員制ホテルへ父の車で向かい、約束の十分前に車はホテルのエントランスへ到着した。

母もついてきていて、隣で私の襟もとを直したり、忘れ物はないかなどと聞いてきたりして、神経過敏になっている様子。

私もこれから初対面の人と、それも絶世の美形の篠宮さんに会うと思うと、緊張して心臓が口から飛び出しそうだし、顔も引きつっているのがわかる。

お互いが顔見知りの双方の両親がいたら、少しは場が和むかもしれないのに……。

後部座席のドアがドアマンに開けられる。

「彩葉、印象を良くするんだぞ」

「頑張ってね」

など両親に声をかけられ、私は深呼吸をしてから車外へ出た。

そばに控えていたホテルの女性スタッフに案内され、震える足で歩を進める。

この流れるような誘導の仕方は、会員制ホテルならではのものだろう。

今日はコートを着るほどの寒さではなく、腕にベージュのコートを持っている。ワンピースは秋らしくボルドー色で、年齢を考えたら落ち着きすぎているようにも思えるが、ひと回りも違う篠宮さんに好印象を与えたいと母が決めたものだ。

「こちらでございます」

エレベーターに乗り、ホテルスタッフは階の三分の二にあたる二十階を押した。

ほどなくして二十階に到着し、フロアの奥にあるフレンチレストランの個室へ案内された。

入り口に立つと、私の心臓のドキドキは最高潮に達し、ホテルスタッフに聞こえてしまうのではないかと心配になるほど。

そんな私をよそに、ホテルスタッフはドアをノックする。

「篠宮様、花野井様をお連れいたしました」

「どうぞ」

個室の中から低音の静かな声が聞こえてきた。

ドアを開けたホテルスタッフは微笑《ほほえ》んで私を促す。

「コートをお預かりいたします」

差し出された手にコートを渡した。

「案内をありがとうございました」

お礼を伝えて入室すると、背後でドアが閉まった。

明るい部屋に純白のテーブルクロスの敷かれた四人掛けのテーブル。立ち上がった篠宮さんは私に向かってゆっくりした足取りで近づいてくる。

写真と変わりない美形で、意志の強そうな黒い瞳と目が合ったとたん、心臓が大きく跳ねた。

「は、花野井彩葉です」

素敵な篠宮さんを見ていられなくて、慌てて言葉にして深くお辞儀をする。

「篠宮理人です。どうぞかけてください」

彼は手前の椅子を引いて、私が座るのを待つ。

「は、はい」

いちいち声が上ずってしまい、恥ずかしさで顔が熱くなっていく。

椅子の前に立ち、座るタイミングで動かされ私は着座した。篠宮さんは自分の席に戻っていく。

彼は体にフィットしたチャコールグレーのスーツを身につけている。高級な三つ揃いのスーツ姿の彼は余裕のある大人の男性で、私は自分が彼に釣《つ》り合うような大人ではないことを恥ずかしく感じた。

何か言葉を……と思うのに緊張でうまく声が出せなくて、染みひとつないテーブルクロスへ視線を落とした。

「怖がらないでほしい」

そんなにびくびくしているように見えたのだろうか。

驚いて顔を上げると、篠宮さんがやんわりと笑みを浮かべていた。

「こ、怖がってなんか……」

「ずっと声が上ずっている」

たしかに、一言発するたびに声は上ずっているし、緊張でどもっている。

「こ、こういった場に……な、慣れていないだけなので……」

「わかった。少しずつ慣れてほしい。上ずりは気にしないから」

私はコクッと頷《うなず》いた。

そこへノックがあり、黒スーツを着たウエイターが姿を見せる。目の前に置かれた

う。

のはぶどう色の液体が入ったグラスだ。

「グレープジュースだ。店の一押しらしい」

篠宮さんの前にも同じものが置かれる。未成年相手にアルコールは飲めないのだろう。

ウエイターが丁寧に頭を下げて立ち去る。

「飲んでみて。少し気持ちが落ち着くかもしれない」

「……はい。いただきます」

ひと口ジュースを喉に通すと、芳醇な葡萄の香りと甘すぎないすっきりした味が口の中に広がった。

「今回の話、かなり驚いているみたいだな」

私をリラックスさせるためか、挨拶《あいさつ》をしたときより砕けた話し方になっている。

「もちろんです。あなたのような大人で魅力的な男性が、私みたいな子供でスタイルも良くない、地味な大学生との縁談を了承するなんて不思議すぎます」

「たしかに十二歳も離れていれば、俺は君にとっておじさんだな」

自嘲《じちょう》するような笑みが篠宮さんの口元に広がる。

「お、おじさんなんかではないです。洗練された篠宮さんならお付き合いされている女性がいるかと思って……」

「この年齢だから相手がいなかったわけはないが、その件もあってこの縁談を進めてもらった」

その件もあって……？

困惑して首を傾げたところに、再びウエイターが料理の乗ったトレイを運んできた。前菜を置き、料理の説明をしたのち部屋を出て行く。

「食べながら聞いてくれないか」

そう言われても、何を聞かされるのか気になりすぎて、目の前の彩りが美しい前菜に手を出せない。

「今……話してくださいますか？」

篠宮さんはグレープジュースを飲んでから口を開く。

「実は、この結婚は契約にしたい」

「え……？　け、契約……？」

「ああ。この年齢になると周囲がうるさくて。親父からは早く結婚しろと頻繁に電話がかかってくるが、俺は結婚して束縛されたくない。だが、君はまだ大学生だ。すぐに結婚しても、俺と君は遠く離れた別生活を送れる」

そこで篠宮さんは言葉を切る。

彼は結婚相手に束縛されたくないから、私と結婚してもいいと思ったんだ。

たしかに私はまだ大学生で、卒業まであと三年もある。

篠宮さんはニューヨークを拠点にしているから、入籍したとしても日本とアメリカで離れ離れに暮らさなくてはいけない。

――そっか、契約結婚かあ……。

私の写真を見て、一目惚れされるほど綺麗で魅力的な女じゃないことは、自分でもわかってる。篠宮さんとの縁談の話には、何か裏があるんじゃないかと不安があったけれど……。

――それが的中しただけ。

だというのに、胸が痛いのはどうしてだろう。

「大学卒業後、離婚しよう」

「え……」

結婚後、束縛されたくないことや、別居生活を送るといった理由は納得できるが、突然の〝離婚〟の二文字に唖然とする。

「君も十二歳も離れている男とニューヨークで暮らすより、好きな男を見つけて結婚した方がいいだろう？　両親の言いなりでここへ来る羽目になったんだろうから、離婚後は口出しされないように手助けをしてもいい」

「手助け……ですか？」

何を言っているのかわからない。

「ああ。君の身上書には旅行が好きだとあった。大学の専攻は国際交流学部とも。外国で暮らしたいのなら手配をしよう。慰謝料も自由を手に入れ生活を謳歌できるほど――」

ふいにドアがノックされて、先ほどのウエイターがウォーターピッチャーを持って顔を見せる。食事の進み具合を確認しに来たのだろう。

「料理は十分後に持ってきてほしい」

「かしこまりました」

あまり減っていないグラスに気持ち程度水を注いで、ウエイターが出て行った。

篠宮さんは私が両親に反抗できずに縁談を受け入れたと思っているのね。

たしかに今まで反抗せずに生きてきた。だけどそれは、ただ反抗する理由がなかっただけ。

この話がなくなったとして、次にまた縁談話を持ちかけられたら……？

きっと私は、両親の言うことを聞くだろう。

でも、新たな縁談の相手が、篠宮さんのような素敵な人とは限らない。

「――君？　彩葉さん？」

考えに耽《ふけ》ってしまった私はハッと我に返った。

「大丈夫か？」

「あ、はい。考え事を……あの、離婚したあと、私がどこへ行こうと助けてくださるんですね？」

「君が愛する人に出会って一緒になるまで援助は惜しまない。もし一生独身だとしても、心配はいらない」

ずいぶん太っ腹……。

「聞いていいですか？」

「どうぞ」

「……束縛されたくないのが理由だけですか？」

「そうだ。今ニューヨークでは大事な案件を動かしていて、数年かかるかもしれない。親父からの結婚や孫の顔を見せろといった煩《わずら》わしい連絡がなくなれば、すっきりする。それと、色目を使ってくる女たちにもな」

この人は女性嫌いなの……？

初対面の異性にそんなことは聞けずに押し黙る。

「しかし、女性にとって離婚歴があることは避《さ》けたいところだろう。俺と契約結婚する、しないは、君の意思に任せる」

私に任せる……。

篠宮さんの冷徹にも見える整った顔を数秒見つめる。

この時ばかりは恥ずかしいなんて気持ちはなくて、真剣な面持ちで頭の中をフル回転させた。

両親の庇護《ひご》のもとで安穏と暮らしていたが、成人しても今の状態だったら、いつまで経っても大人になりきれないだろう。

この話は私たち以外の人を裏切る形になる。

けれど――運命が変わる気がする。

大きく深呼吸をして、心を落ち着ける。

「私、篠宮さんと契約結婚します」

すると、彼は安堵したように端整な顔をふっと緩ませた。

「わかった。食事をしながら今後の話をしよう」

「はい」

ようやく前菜のサーモンのパテを口に入れる。濃厚で口の中でふんわり溶けるような最高の一品だ。

自分の決断が正しいのか、道理に反しているのか……。それはわからないけれど、大学を卒業したら自由になれるのだ。好きな場所へ行って暮らせる。

篠宮さんは忙しい最中の帰国で、火曜日には出国するという。

入籍を月曜日にすることになり、明日の日曜日に家族の顔合わせの場を設ける段取りになった。

「両家の顔合わせは、ここのホテルの一室を借りようと思う。ご両親の食事の好みは？問題なければ任せてもらっても？」

「はい、お任せします」

「わかった。略式の顔合わせにしたいから、今日みたいな服装でいい」

やはり母の考えていた振袖を着てこなくて良かった。今日、振袖姿だったら、気合が入りすぎだと驚かれていたかもしれない。

「わかりました。そうさせていただきます」

料理は次々に運ばれ、真鯛のポアレや、口の中で蕩けてしまいそうなほど柔らかい牛肉のローストなどを堪能する。

両親と有名なレストランへ赴くこともあるが、それよりもここのレストランの料理は素晴らしくおいしい。

旬のさつまいもと栗のモンブランやチョコレートソースのかかったバニラアイスなどをいただき、食事が終わった。

篠宮さんはコーヒーを飲んでから、私に名刺を差し出す。

そこにはニューヨークの住所が手書きで追加されていた。

マンハッタンのレジデンス……高級なところに住んでいるみたいだ。

「何かあれば、その番号に電話をしてくれ」

「はい」

名刺をバッグの中にしまう。

目の前の男性が数日後には自分の夫になるだなんて。

夢を見ているような、どこか他人事のようにも感じていた。


「ただいま戻りました」

帰宅して、リビングに揃っている両親に挨拶をする。そこにいたのは両親だけでなく、渉兄さんと兄嫁の七海さんがソファに座っていた。

「彩葉ちゃん、おかえりなさい」

笑顔で出迎えてくれる七海さんとは真逆で、渉兄さんは顔を顰《しか》めている。

「七海さん、ただいま。いらっしゃいませ」

〝いらっしゃいませ〟といっても、ひとつ下の階に住んでいるので頻繁に顔を合わせている。七海さんとお出かけすることも多く、実兄の渉兄さんよりも頼れるお姉さんだ。

「父さんから聞いたよ。〝帝王《エンペラー》〟と会って来たんだって？　彼は本当にお前と結婚するつもりなのか？」

「帝王……？」

渉兄さんは持っていたタブレットを突っ立ったままの私に渡す。タブレットに視線を落とすと、そこには篠宮さんのことが書かれてあった。

アメリカのロースクールを卒業した篠宮さんは最大手の弁護士事務所へ入り、その後、法律事務所を起ち上げたとある。顧客は上院議員や芸能人など、そうそうたる顔ぶれが名を連ねている。

弁護士であると同時に投資家でもあり、見事な手腕で莫大な財産を築いていることで〝帝王〟と称されている。

そっか、投資家でもあるから離婚したあとの援助は惜しまない口調だったんだ……。

「すごい人ね」

タブレットを渉兄さんに返してソファに腰を下ろすと、父が待ち構えたように口を開く。

「で、どうだったんだ？」

「うん……とても素敵な人だったわ。それで……結婚することになりました」

「おお、そうか。それは良かった」

父は安堵した様子で、乗り出していた身をソファの背もたれに預ける。

「彩葉、本当にこんなすごい人がお前を妻にするって？　お前は絶世の美女じゃないし、まだ大人の女性には程遠いのに？」

渉兄さんの言い分はもっともだと思う。誰だって、摩訶不思議に思うだろう。

「……それは私も不思議なんだけど。篠宮さん、ご両親の縁談話に辟易《へきえき》しているらしいの。入籍をしておけば、とりあえず私が卒業するまでは仕事に専念できるし、私でいいと言ってくれているので、篠宮さんと結婚します」

篠宮さんとの顔合わせ後、彼はハイヤーで自宅まで送ってくれたが、すぐに仕事の電話が入り、その間、私は両親にどう報告しようかと頭を悩ませていた。

ばか正直に〝契約結婚〟の話なんてできるわけがない。

だけど、怪しまれることもなく無事に報告ができて良かったと、ホッと息を吐《は》く。

ハイヤーでの篠宮さんの電話は、一度切った後に再び別の電話がかかってきて、今度は流れるような英語を聞けた。私も小学校の頃から英会話を習っていたが、まったく比較にならないほどネイティブだ。

そうでないと、向こうの司法試験に合格なんてできないだろう。

篠宮さんと離婚したあとはアメリカに住むのもいいよね。そうなると、もっと英語をまじめに頑張らないといけないいな……。

そんなことを考えていると、七海さんが私の顔を覗《のぞ》き込んで、にっこり笑う。

「彩葉ちゃん、おめでとう」

明るい笑顔で祝福してくれるけれど、やっぱり渉兄さんは渋い顔だ。

「ありがとうございます。お父さん、篠宮さんは火曜日にニューヨークへ戻るので、急で申し訳ないですが、明日、家族の顔合わせを先ほどのホテルでしたいと言っていました。入籍は月曜日にする予定です」

「わかった！　さっそく篠宮顧問と打ち合わせをしなければな」

「それで、服装は略式な感じでと」

母に聞こえるように言葉にした。そうしないと、また呉服屋を呼んで振袖を選ぶだろう。

「あら、そうなのね……彩葉の振袖姿を見たいのに」

「お母さん、言ったでしょう？　私みたいな体型が振袖を着たらもっと大きく見えちゃうの」

自分の体型は嫌と言うほどわかっている。それに、篠宮さんからは「略式で」というリクエストだから、絶対に振袖は着てはいけないのだ。

「残念だけど、成人式までお預けね」

母は納得してくれたようだ。

「篠宮顧問に連絡をしてくるよ。顔合わせは明日だからな」

「そうだわ、彩葉の明日のお洋服を買いに行かなくては。そのワンピースを買ったときに一緒に数着選んでくればよかったわね」

明日もこれで行ってもかまわないと思ったが、篠宮さんとのご両親との顔合わせだ。ツーピースの方が良いのかもしれない。

「七海さんも一緒に出掛けましょう」

母が誘うと、兄が車を出すことになり四人で銀座へ行くことになった。

その夜、兄夫婦を入れた五人で夕食をとり、自室に戻ると二十一時を回っていた。

ベッドの端に腰を下ろすと同時に、疲れきったため息がこぼれる。

篠宮さんと一緒のときは始終緊張感に襲われ、自宅や買い物では契約結婚の件で後ろめたさを感じっぱなしで疲弊している。

篠宮さんは見た目も信じられないくらい極上で、お金持ちで、ニューヨークで成功している。きっと、誰もがうらやむ旦那様だろう。

だけど、最初から契約結婚の話を持ち出されたら、そこで線引きされてしまって、妻として気に入られたいとか、好きになってほしいなんて思う気持ちにストップがかかってしまう。

もちろん、私なんかが篠宮さんの妻にふさわしいなんて、これっぽっちも考えてないが、好きになる気持ちも失われた。

というよりも、離婚が前提なら好きになってはいけないのだ。

話を持ちかけられるまでは、まるで一目惚れをしたように篠宮さんに惹《ひ》かれていたのに……。

再びため息をつくと、ドアがノックされた。

「彩葉ちゃん」

ドアの向こうから聞こえるのは七海さんの声だ。

「七海さん、どうぞ」

七海さんがドアを開けて部屋に入って来る。

「渉兄さんは？」

「先に戻ってもらったわ。座っていい？」

「あ、どうぞ」

七海さんは私の手を握りながら、並んでベッドに座った。

「彩葉ちゃん」

あらたまって名前を呼ばれて、キョトンと七海さんの顔を見る。

「どうしたんですか？」

「縁談の話だけど、嫌だったら断った方がいいと思うの。彩葉ちゃんはまだ十八歳よ。初対面の……それも年の離れた人と結婚する必要はないわ」

「七海さん……」

親身になってくれる七海さんは渉兄さんよりも話しやすいし、信頼もしている。けれど、篠宮さんとの契約結婚の話は家族の誰にも言えないし、相談できない。

「こんな私ですけど、もらってくれる素敵な人が現れたんです。嫌々じゃないです。篠宮さんはとても魅力的だし、いつかは海外に住んでみたいと思ってもいたので、最高の条件なんです」

「〝こんな私なんか〟なんて言わないで。彩葉ちゃんだって、とっても素敵な女の子よ。でも、彩葉ちゃんが嫌々じゃないと言うなら、その言葉を信じるわ。仕方なく結婚するのなら、助言をしなくてはと思ってしまったの」

七海さんの気持ちがうれしくて、ぎゅっと彼女に抱きついた。

「ありがとうございます。でも、心配はいらないです」

「ええ、わかったわ。じつはね、渉さんが彩葉ちゃんのことをとても心配していて、私なら本音を言ってくれるはずだから話を聞いてきてほしいって、ね」

「渉兄さんが……。大丈夫だからと、伝えておいてください」

「もちろんよ。じゃあ、おやすみなさい。明日も顔合わせで神経を使うはずだから早く休んでね」

「はい。おやすみなさい」

七海さんはにっこり笑んでから部屋を出て行った。

二、契約結婚の相手に恋をする

銀座のデパートで選んだ、紺地にシルバーの細かいラインが入ったツイードのツーピースに着替える。中はワンピースになっており、ジャケットを着ればきちんとして見える。

洋服を着終えると、昨日と同様に薄くメイクをした。

今日は両家の顔合わせという大事な日なので、以前、母から誕生にプレゼントされた真珠のネックレスとイヤリングもつける。

篠宮《しのみや》さんが手配してくれたハイヤーで、昨日の会員制ホテルへ両親と共に赴《おもむ》いた。

食事は懐石料理でテーブル席の個室。窓の向こうには日本庭園が造られていて、和の雰囲気《ふんいき》が和むとても素敵《すてき》なレストランだ。

スタッフに案内されて入室すると、篠宮さんとご両親が待っていた。

「花野井《はなのい》社長、喜ばしいご縁ですな」

「ええ。理人《りひと》君のような素晴らしい方に、娘をもらっていただけるのは、うれしい限りです」

「妻を紹介します。真貴子《まきこ》です」

篠宮さんのお父様が紹介すると、お母様は優しそうな笑みを浮かべてたおやかに頭を下げる。

篠宮さんのお父様は眼鏡をかけたインテリ風で、お母様は彼のような大きな息子がいるとは思えないほど、若々しく綺麗な女性だ。

「お嬢さんと結婚させていただくことになりました篠宮理人です。このたびは、ありがとうございます」

「こちらこそ、彩葉をどうぞよろしくお願いします。いやいや、写真もさることながら実物はもっともっと男前ですな。君のような有能な男に娘をもらってもらえるなんて最高の気分ですよ。篠宮顧問、妻のひとみと、娘の彩葉《いろは》です。何卒よろしくお願い申し上げます」

「めでたい日です。乾杯しましょう」

篠宮さんのご両親は息子の相手が私のような大学生で野暮《やぼ》ったい娘でも、結婚相手が見つかったことがうれしいみたいだ。

喜んでいる様子の両親たちに罪悪感を覚える。

だけど、もう決めたことだから……。

もやもやした気持ちを飲み込んで、平静を装う。

その後、すぐに食事が運ばれ、私を除いた大人たちはビールで乾杯する。私はウーロン茶だ。

会話の中心にいる篠宮さんは丁寧な物腰で、低めの声は柔らかく聞こえ、如才なく会話をリードしている。

弁護士なんだから、口がものを言うんだものね。

お酒や会話を楽しんでいる五人を横目に、上品に盛り付けられたおいしい煮物をペロリと平らげてからハッとする。

スピードを考えないと……これだから、太っちゃうのよ。

箸を止めて、両親たちの会話に耳を傾《かたむ》けてみるが、母たちはファッションの話で、父たちは仕事の話。少しも面白くなかった。

「彩葉さん、ちょっといいかな。君にエンゲージリングを渡したい」

ふいに対面に座る篠宮さんに話しかけられ、ビクッと肩を跳ねさせる。

「え？　あ、は、はい」

今、エンゲージリングって言ったよね？　それに、名前で呼ばれるのも初めて……。

篠宮さんはスーツのポケットから小さな箱を出して、私のそばにやって来る。

両親に注目され、そして篠宮さんにも真摯《しんし》に見つめられ、顔に熱が集まってくる。

彼は手のひらに収まる箱を開けた。美しいダイヤモンドのエンゲージリングを摘まんで取り出すと、箱をテーブルの上に置いた。

箱には宝飾品で最高峰のブランドのロゴが書かれている。

「彩葉さん、結婚を承諾してくれてありがとう。君が大学を卒業するまで待っている」

その場で跪《ひざまず》くことはしなかったが、両親が見ている前だというのに自信に満ちた堂々としたプロポーズだ。

隣に座る母から、うっとりした小さなため息が聞こえる。

篠宮さんは私の左手の薬指に、ダイヤモンドのエンゲージリングをはめた。

昨日、送ってくれたハイヤーで、指輪のサイズを聞かれたのでピッタリだけど、私のプクッとした指にはこのハイブランドのエンゲージリングはもったいない気がする。

でも、うれしい……。

口元に笑みが浮かぶのが、自分でもわかる。

私はまじまじと薬指にはまった指輪を見つめた。

エンゲージリングはシンプルなハート形のダイヤモンドで、リングの方にそれよりも小さい石がいくつか連なっている。

シンプルに見えるけれど、かなり高いものだろう。昨日の今日でよく手に入れられたと思う。この店舗は予約制で、入り口には警備員が立っているほど警備は厳重だ。

「あ、ありがとうございます」

篠宮さんにお礼を伝えると、両親たちは拍手をして、口々に「おめでとう。大学卒業後が楽しみだ」と、喜んでいる。

なんという茶番劇なのだろう……。

篠宮さんは俳優さながらの演技で、偽りの結婚だというのに私の鼓動はドキドキ高鳴ってしまう。

「彩葉さん。明日、婚姻届を提出する予定だが二時まで仕事が入っている。君の講義の方は？　時間は午後で大丈夫かな？　入籍後、ふたりでホテルのレストランでお祝いをしたいと思っているんだ」

両親の手前、形だけの入籍祝いだ。

「午後で大丈夫です。講義は問題ありません」

十六時まで講義はあるが、事が事だけに早退するつもりだ。彼は火曜日にはニューヨークへ戻らなくてはならない。

日本へ戻ってきても、私との案件以外は仕事で分刻みに行動しているみたいだ。

明日は十五時に、丸の内にある篠宮法律事務所で待ち合わせの約束をした。

翌日、午後の最後の講義を早退して、大学のある横浜から約束の場所へ向かった。

電車の中で、こっそり左手の薬指にエンゲージリングをはめる。

十八の小娘が身につけているので、本物に見られないだろう。それでいい。この指輪は目が飛び出るほど高いはずだから。

東京駅で電車を降りて、スマートフォンの地図アプリを使い、篠宮法律事務所を探し始める。

歩きながら周りをキョロキョロしていると、篠宮さんと会った見覚えのあるホテルが見えた。スマートフォンへ視線を落とすと、地図アプリは道路を隔《へだ》てた向こう側のビルを示している。

信号を渡り近代的なビルの前に〝篠宮法律事務所〟と重厚な銘板があった。

すごい……法律事務所がこんな大きなビルを構えているなんて……。

篠宮さんのお父様は〝気のいいおじ様〟といった印象だった。だけど、都会の一等地にこんなビルを維持できるほど、やり手の弁護士だということを実感する。

ガラス張りの一面の窓からロビーが見え、いくつかのソファセットが点在し、そこにビジネススーツに身を包んだ男性が何組かいる。

こんな場所へ来るのは初めてで、緊張した面持ちで自動ドアを通る。

ロビーの受付には三人の紺色のタイトなワンピース姿の女性がいて、隣のゲートには警備員が三人立っている。

受付へ近づいたところで、隣のゲートから出てきた男性に声をかけられた。

「花野井彩葉さんですか？」

私に声をかけたのは年配の眼鏡をかけた男性だ。

「はい。そうです」

「私は社長秘書をしております衣笠《きぬがさ》と申します。どうぞこちらへ」

お父様の秘書の衣笠さんに続いてエレベーターに乗り込み、最上階の二十階にある社長室へ案内された。

部屋の中にいたのは篠宮さんだけで、お父様の姿はなくて少し緊張感が和らぐ。

騙してしまっているので、あまり顔を合わせたくないのだ。

「篠宮さん、こんにちは」

ソファから立ち上がった篠宮さんに向かってお辞儀をする。

今日の篠宮さんは、グレーのスーツを着ている。高級な生地で体にフィットしていて有能なビジネスマンにしか見えない。もちろんニューヨークで成功しているのだから、有能なことは間違いない。

「お疲れ様。そこに座って」

篠宮さんの対面を示され、私は黒のカシミアコートを脱いで軽く畳み、腰を下ろして膝の上に置く。何か膝にあった方が、気持ちが落ち着くのはどうしてだろう。ソファに開いているスペースは十分にあるのだけれど。

「それでは婚姻届にサインをするとき邪魔だろう。横に置くといい」

何かにすがっていたかったのに目ざとく指摘され、コートを膝からどかして隣のスペースに置き直す。

「花野井彩葉さん」

「は、はいっ」

突としてフルネームで呼ばれ、ドキッと心臓が跳ねる。

対面に座った篠宮さんは両足を肩幅より少し開き、こちらへ身を傾ける。鋭い瞳に射すくめられ、視線を逸《そ》らすことができない。

「気持ちは変わっていないか？」

彼との婚姻を決めた日から、朝も昼も夜も、何度も何度もこの〝契約結婚〟のことを考えてきた。

両親を騙しているという罪悪感はある。だけど、止めたいとは思わなかった。

「はい。私はあなたと……篠宮理人さんと契約結婚します」

まだ篠宮さんの美形な顔を直視するほど慣れていないけれど、私は彼の目をじっと見つめ、しっかり言葉にしてから頷《うなず》いた。

「わかった。では、君の戸籍を元に記入しておいた。ここに名前を書いてくれ」

婚姻届をテーブルの上に開き、万年筆を私に渡す。

もう後戻りできない。

深呼吸をしてから婚姻届に〝花野井彩葉〟と記入して印鑑を押す。

「それから、これが離婚した際の契約書になる。読んでくれ」

手渡された見開きのファイルを開くと、篠宮さんが一昨日話した内容が書かれている。

「話を持ち出したときには金額を口にしなかったが、記載しておいた方がいいだろうと思い入れておいた。ここだ」

篠宮さんの長い指が契約書の真ん中を示す。

さ、三億!?

信じられない金額に呆気《あっけ》に取られ、勢いよく契約書から顔を上げる。

「こ、これは高すぎると思います」

二十代前半で離婚歴があるというリスクを負うが、その対価にしては破格すぎる。

「海外で暮らそうと思ったら、ある程度の貯金がなければアパートは借りられないし生活も不安だろう？　金はあればあるだけ安心じゃないか？」

「それはそうですけど……篠宮さんにとっても、この金額に見合う契約結婚なのでしょうか？」

「もちろん。何ものにも煩《わずら》わされることのない静穏な日々を俺は望んでいる。君にとっても良い条件だと思うが？　それに、一度にその金額を渡すわけではない」

「……」

「何か異論があれば、この場で言ってくれ」

私はもう一度契約書へ目を落とした。内容を読み流す。

「……異論はないです」

「では、名前を書いて」

促されるまま、契約書の篠宮さんの名前の下に今日の日付とサインをした。

篠宮さんと共に区役所へ行き、婚姻届を提出し受理された。

あっけなく私は〝篠宮彩葉〟になった。

数日前にはまったく想像もしていなかった。私が人妻になるだなんて。

まさに青天のへきれき。

大学の事務には書類関係で名字変更届は必須だが、凪子《なぎこ》以外は結婚したことを知らないし、他の友人たちには知らせる必要もない。

区役所を出ると、外は暗くなっていた。あと九日も経てば十二月だ。

「六本木のホテルのレストランを予約している。その前に行くところがあるんだが、いいか？」

問われて頷くと同時に、私たちの目の前に黒塗りの高級車が止まる。ここまで乗ってきたハイヤーだ。

後部座席に乗り込むと車が走りだした。夕方の時間帯で道路は混んでいたが、十五分後、銀行の建物の前にハイヤーが止まった。

篠宮さんはスマートフォンでどこかに電話をかけながら車外へ出た。私にも外へ出るように手招きする。

不思議に思いながら、車から降りる。

ここへ来た理由がわからないが、店舗のシャッターは降りており、篠宮さんは警備員が立っている入り口に向かって歩いて行く。

銀行の入り口から、スーツ姿の眼鏡をかけた壮年の男性が現れた。

「篠宮様、いつもありがとうございます。どうぞこちらでございます」

眼鏡をかけた男性の後に続いて建物の中を進んでいくと、男性はとある扉の前で立ち止まり、IDカードで鍵を開けた。

「ここは貸金庫で、先ほどの契約書を保管するために来た。自宅には置いておけないだろう？」

確かに。あの契約書を万が一、両親に見られたら大変なことになる。

私はコクコクと頷いた。

眼鏡をかけた男性が平べったい箱を一つ引き出した。

「こちらにどうぞお入りください」

篠宮さんはビジネスバッグから先ほどの契約書のファイルを取り出して、金属の箱の中へ入れた。

「この貸金庫は、俺と彩葉さんが一緒に来なければ開けられないようになっている」

「どちらかひとりではダメってことなんですね」

「ああ。そうだ」

話をしているうちに金庫は閉められた。

ラグジュアリーなホテルのエントランスにハイヤーがつけられた。

車から降りたところで黒いスーツ姿の男性に出迎えられ、驚くことに総支配人とネームプレートにあった。

「篠宮様、本日はありがとうございます」

「お久しぶりです、片山《かたやま》さん。お元気そうで何よりです」

篠宮さんは口元に笑みを浮かべている。

彼と知り合ってからまだ三日目だ。初めて見る柔らかな表情に鼓動が跳ねた。

「ニューヨークではご活躍の様子で。また帰国された際は、ご利用をお待ちしております」

片山総支配人は丁寧に頭を下げ、ロビーに入ったところで去って行く。

「彩葉さん、イタリアンを予約したが、好きでなければ言ってくれ」

「イタリアンは大好きなので大丈夫です」

両親と外食するときは銀座が多く、このホテルのレストランは利用したことはないが、大学生の私でも知っているほど有名なイタリアンだ。

どんなおいしい料理が待っているのかと思うと、頬が緩んでしまいそうになる。

エレベーターで四十五階へ到着し、レストランの入り口で黒のカシミアコートを脱ごうとすると、篠宮さんが手伝ってくれる。

ふいに伸ばされた節のある長い指が肩に触れて、クリーム色のシンプルなワンピースになった私の心臓がドキドキ暴れ始める。

こうして男性にエスコートされるなんて初めてだ。

背後に立つ篠宮さんから、ウッディでスパイスの入ったフレグランスがふんわり香った。大人の香りに心臓の高鳴りはなかなか止まらない。

ここでも責任者が現れ、丁重に窓に近い四人掛けのテーブル席に案内される。

六本木の大都会の夜景が窓の向こうに広がっている。

夜景を眺《なが》めるのは大好きだけれど、今の私はそれどころではない。

篠宮さんの指先が肩に触れてから、私の鼓動はずっと早鐘を打っているのだ。

男性に免疫がない自分が恥ずかしくなる。

男性じゃなく、篠宮さん限定かも……だけど。

とにかく、落ち着かなきゃ。

この分では気の利いた会話がひとつもできない。

「とりあえず乾杯をしたいところだが、君はまだ未成年だからな。ノンアルコールのスパークリングワインにしようか」

「し、篠宮さんはアルコールが入った飲み物にしてください」

昨日の顔合わせでは、私以外はビールや日本酒を飲んでいた。

父親たちは顔を赤くして酔ったようだったが、篠宮さんは同じ量を飲んでいた様子なのに顔色は変わっていなかった。お酒に強いのだろう。

「いや、今日はやめておこう。真夜中に向こうと会議があるんだ」

向こうとはニューヨークのことに違いない。

「そうなんですね。いつもお忙しいんですか？」

「それなりに。好きなことだからやっていられるんだろうな」

篠宮さんはオーダーを取りにきたスタッフに、ノンアルコールのスパークリングワインのボトルを頼んだ。

「そうだ。これを」

そう言って、篠宮さんはポケットから箱を取り出して開いてみせる。

ふたつ並んだプラチナのマリッジリングに言葉を失う。

「どうした？　そんな顔をして」

「け、結婚指輪をつけるとは思わなくて……」

不意打ちに、思わず声が上ずってしまう。

昨日、エンゲージリングをもらったばかりなのに……。

「俺は、これをつけるのが目的でもある」

篠宮さんが大きいサイズのプラチナのマリッジリングを箱から出して、自分の指にはめていている。

そうだった。この結婚は篠宮さんがニューヨークで、女性から誘われる煩わしさをなくすためのものでもあったんだ。

マリッジリングが断る口実になるだろう。これほど気を遣うのは、顧客の女性から誘われているのではないかと推測する。「結婚している」と言えば、当たり障りなく仕事に影響を及ぼさずに誘いを断れるはずだから。

「左手を出してくれないか」

「は、はい」

言われるままに左手を篠宮さんの方へ差し出すと、エンゲージリングの上にマリッジリングがはめられた。

「あ……」

シンプルなプラチナの指輪だと思っていたが、小さなダイヤモンドが三石はめ込まれている。

「右手にすればファッションリングとして使えるだろう」

「そ、そうですね。ありがとうございます」

左手の薬指にはふたつのダイヤモンドの指輪が、ほんのり明かりが落とされたライトの下でも美しく輝いている。

スパークリングワインがグラスに注がれ、篠宮さんはグラスを持って軽く掲げた。

私もグラスを手にして軽く頭を下げ、スパークリングワインを飲む。アルコールが入っていないのに、熟成された葡萄《ぶどう》の味と爽快感が口の中で広がる。

盛り合わせの前菜のお皿が目の前に置かれるが、前回同様、私には大人の会話なんてできない。

だって、篠宮さんと出会ってまだ三日目だし……。

料理に向けていた視線をちらりと上げ、篠宮さんをうかがい見る。

目の前のこの素敵《すてき》な男性が、私の旦那様……なんだ。

どうにも実感が湧かないけれど、これは事実だ。

どこかふわふわした気持ちのまま料理に手をつけ、黙々と口へ運ぶ。

さすが五つ星ホテルを代表するレストランで、どれもおいしさに目が丸くなる。選び抜かれた素材が新鮮なのだろう。

「君の食べる姿は気持ちがいい」

「えっ？」

「おいしそうに食べているからな」

「す、すみません。どれもとてもおいしくて……」

「謝らなくていい。悪いことではない」

そう言って、篠宮さんも前菜を食べる。育ちの良さが垣間見えるナイフとフォーク使いだ。食事をしている姿でさえ素敵で、思わず見惚《みと》れてしまう。

そんな自分に呆《あき》れていると、隣のテーブルにお客様が座った。

「あれ？　篠宮さんですよね？」

隣のテーブルから女性の声が聞こえ顔を向けた先に、デコルテラインがかなり開いたワンピースの女性と、黒っぽいカジュアルなスーツ姿の男性が驚いた顔をしている。

その男性は篠宮さんを見て笑みを浮かべる。私のほうにも視線が向けられたので、ぺこりと会釈した。

女性からの視線も感じるけど、いったいなんだろう……。

「すごく久しぶりだな～。篠宮君はニューヨークにいると思っていたよ。よければ後日、食事を一緒にどうかな?」

どうやら篠宮さんと知り合いのようだ。ふたりは笑顔だけれど、篠宮さんはニコリともしていない。

「日本へは用事があってね。明日、戻るんだ」

「そうなんだ。それは残念。向こうでの話を聞きたかったのに。俺、篠宮法律事務所を受けたんだけどさ、最後で落ちちゃって」

「圭介《けいすけ》、何年も前の話をしなくても。今はうちの事務所で父のパートナーじゃない」

女性は笑いながらたしなめる。

「失礼。食事中なので」

篠宮さんはふたりに断りを入れた。

そこへトリュフがたっぷりかけられたパスタが運ばれてきた。

「彩葉さん、熱いうちに食べよう」

「あ、はい」

篠宮さんに促されて、隣の席を気にしないようにして口へ運ぶ。

その後、デザートとコーヒーが運ばれ、数種類の小さなケーキやジェラートを選んでいると、篠宮さんがポケットからスマートフォンを取り出した。手にしたスマートフォンは振動している。

「すまない。電話に出てくるから、そのまま食事を続けていてくれ」

そう言って、颯爽とした足取りでレストランの出口に向かった。

溶けかかっているジェラートだけ口にして夜景へ視線を向けたとき、隣の席からクスクス笑う声が聞こえてきた。

「篠宮さんがあんなデブで冴えない小娘と食事をしているなんて、おもしろすぎるわ。妹じゃないわよね？」

嘲笑《ちょうしょう》を含んだ女性の声はこれみよがしに大きくて、否《いや》が応でも耳に入ってくる。

私のことを話しているのだ。心臓がギュッと縮む。

「篠宮に妹はいなかったと思う。兄弟だとしても遺伝子的におかしいだろ。あの子の容姿では誰も声をかけないさ。大学時代、美女という美女はみんな篠宮に惹《ひ》かれて、俺たちなんて目もくれなかったくらいだ」

「どの子もモデルみたいな細くて綺麗な子ばかりだったわね。付き合ってもすぐに別れていたらしいわ」

ふたりは篠宮さんの大学の同級生みたいな口ぶりだ。そして弁護士なのかもしれない。篠宮法律事務所を受けて落ちたと言っていたから。

気にしないようにしていても、ふたりの声が大きく、他のテーブルにも聞こえているだろう。容姿を貶《けな》され笑われているかと思うと、恥ずかしくていたたまれなくなる。

「本当にあんな子と、こんな高級レストランで食事しているなんて信じられないわ。以前の彼女たちが聞いたら嘆くわね」

「だよな～、俺も驚いた。篠宮はもしかしたら、ああいう子が好みなんじゃないか？」

私のせいで、篠宮さんまでばかにされてしまう。

もうここにはいたくない。

腰を上げようとしたとき、テーブルに影が落ちた。

「彩葉、食べていないじゃないか。コバエがうるさかったか？」

篠宮さんは皮肉めいた表情を浮かべて席に着く。

問いかけられるも、この場から逃げたしたい気持ちが心を占めて声が出せなかった。

先ほどの篠宮さんの言葉と表情は、彼らの会話を聞いてのことだと思う。それさえも恥ずかしくて、唇を噛んで俯《うつむ》いてしまう。

「彩葉？」

俯く私は、惨めな気持ちのまま小さく首を左右に振った。

彼らの言っていることは、あながち間違っていない。契約結婚だけれど、それさえも私は篠宮さんにふさわしくなかったのだ。

「出よう」

篠宮さんは立ち上がり私の横へ立つと、手を差し出した。一瞬、その手を掴《つか》もうか迷ったが、傷ついた私の自尊心を埋めてくれるのだと考え手を取った。

私の自尊心……？　そんなのは元からないか……。

篠宮さんの手に支えられながら立ち上がったところで、腰に腕が回される。

えっ……？

びっくりして篠宮さんを仰ぎ見る。

身長が百八五センチ近い彼と、百六〇センチの私の身長差は約二十五センチあるので、顎をグッと上げた。

「あ、あの――」

篠宮さんは不敵な笑みを浮かべ、隣のテーブルへ歩を進める。

「いいから」

有無を言わさないきっぱりとした声だ。

座っているふたりを見ると、狼狽《うろた》えた顔をしている。私を中傷していた彼らは、まさか篠宮さんが私のために動くとは思わなかったのだろう。

「彼女は俺の大事な妻だ」

ええっ？

篠宮さんが私の立場を話すと思わなかったので仰天した。

ふたりも驚愕している。私の左手の指輪が見えなかったのだろう。

「君たちが俺たちのことをどう思おうがかまわないが……馬脚を露《あらわ》したな。父の事務所に落ちたわけがわかったよ」

〝圭介〟と呼ばれていた男性の顔が、みるみるうちにこわばり赤くなる。

「俺は君たちを知らない。友人でもない君たちに俺の何がわかる？　妻を侮辱《ぶじょく》したことは覚えておこう」

そこへレストランの責任者がやって来て、心配そうな顔で篠宮さんに頭を下げる。

「篠宮様、何か不手際がありましたでしょうか？」

「お騒がせしてすみません。私の問題なので気にしないでください。まだデザートの途中だったので、ラウンジに席を設けてくれますか？」

「かしこまりました。すぐにご用意させていただきます」

レストランを出たところに、グランドピアノが置かれているラウンジがある。

「彩葉、行こう」

いつのまにか〝彩葉さん〟から〝彩葉〟に変わっている。

非常識な彼らの手前、呼び捨てになったのだろうけれど、今になって心臓がギュッとする。

私の背中に篠宮さんの手が添えられ、エスコートされてレストランをあとにする。

篠宮さんにかばってもらい、申し訳ない気持ちでいっぱいだ。

だけど、〝俺の大事な妻〟って……。

あれは演技だ。それはわかっているのに、キュンとなった。

なんだろう、この気持ち……。

自分の気持ちがわからないまま向かったラウンジでは、ピアノの生演奏が静かに流れていた。待たされることなく席に案内されて腰を下ろす。

「ただいまお飲み物とデザートをお持ちいたします」

スタッフは去って行き、どうしてか篠宮さんの顔を見るのが気恥ずかしくて、窓の外の夜景に目を向ける。

「すまなかった」

謝罪の声に、ハッとして篠宮さんに顔を向ける。

「あ、謝る必要なんてないです。あの場で……っ、妻って言われてびっくりしましたが、篠宮さんのせいじゃないです。私が――」

「思ったより強いんだな」

「え？」

「君はまだ十八だ。いい大人にひどいことを言われて、あの場で泣き出しても仕方がないと思ったが、彩葉は気丈だった」

「どこから聞いていたんですか？」

「口にするのもおぞましいからやめておく。契約結婚の話を持ちかけても即答だったし、お嬢様育ちでおとなしい女性かと思っていたが、彩葉は我慢強く大胆な一面があるんだな」

褒《ほ》められているのだろうか？

コーヒーと先ほどと違う数種類のケーキが長方形のお皿に載せられ運ばれてきた。

「ひとつを選んで、あとは持って帰るといい」

「そんな。ひとつだけで……」

「ご両親へのお土産にすればいい」

「……わかりました」

私は美しい黄金色のモンブランを選んだ。芋栗が大好きなのだ。

スタッフがお皿の上にサーブしてくれ、他のケーキは持ち帰り用にしてもらう。

「篠宮さん、あの場であの人たちを無視して出て行くこともできたのに……私のために、ありがとうございました」

もしかしたら私のためではないかもしれないけれど……篠宮さんが彼らにガツンと言ってくれたのは、正直うれしかった。

先ほどまでの惨めな気持ちは、今はもう欠片《かけら》もない。

篠宮さんは軽く頷くと、長い脚を組み背もたれに体を預けコーヒーを飲んだ。

その姿はとても絵になっている。ずっと見ていられそうなほど素敵だ。

うっとり見つめてしまいそうな自分に活を入れ、これからのことを考える。

篠宮さんはニューヨークで生活をしている。私が大学を卒業するまで、もしかしたら会うことはないかもしれない。

それとも両親たちに気を使って、仕事で帰国したときは会うのかな……。

「あの、篠宮さん。私たちは大学を卒業するまで会う機会はあるのでしょうか？」

「……どうだろうな。仕事が忙しいから君の卒業まで帰国しないかもしれない」

そっか……。

とたんに残念な気持ちに襲われた。

「ご両親には電話で頻繁に話をしていると言ってくれないか」

「わかりました」

縁談話に煩わされないよう私と契約結婚をしたのだから、これで仕事もはかどるだろう。

「何かあったら連絡をくれ」

「何もないと思いますが、そのときはそうさせていただきます」

その後、ハイヤーで自宅のタワーマンションのエントランスに送り届けられた。

時刻は大人にはまだ宵《よい》の口の二十一時。

ハイヤーから降りると、篠宮さんも車外に出て私の前に立つ。そして、私の目をじっと見つめ口を開いた。

「大学生活でやりたいことを見つけるんだ。君が目指す道を俺は応援するから」

「はい。しっかり考えます。ありがとうございました」

頭を下げる私に握手の手が差し出される。

これが、じかに篠宮さんに触れる最初で最後の機会かもしれない。

おそるおそる彼の手を握ると、男らしい力強さでぎゅっと握り返された。

「じゃあ、おやすみ。元気で」

「……おやすみなさい。お気を付けて」

篠宮さんがハイヤーの後部座席に戻っていくのを見守る。

車が動き出し、私は頭を下げて篠宮さんを見送った。


タワーマンションのロビーに入り、エレベーターに乗り込むと同時に、自分の気持ちが沈んでいるのがわかった。

篠宮さんとたった今、別れたから……？

エレベーターの正面には鏡があって、映し出された自分の姿にくしゃりと顔が歪《ゆが》む。

あの人たちの言っていたことは本当のこと……。

私は、篠宮さんに絶対的に釣《つ》り合っていない。

でも、それだけが原因で気分が滅入《めい》っているんじゃない。

三十階に到着してとぼとぼと廊下を進んでいたが、篠宮さんの姿と最後に触れた手を思い出していた。

恋愛の経験はないからよくわからない。だけど篠宮さんと会話を交わしたりエスコートで彼の手が触れたり……心臓がずっとドキドキしていた。

そして、あの失礼なふたりに、私のために対峙してくれて……。

私……篠宮さんに恋してる。

出会ってから、たったの三日。

私の大学卒業と同時に別れることが決まっている契約結婚だけど、彼を好きになってしまったのだ。

恋の経験も男性に対する免疫もないから、篠宮さんの落ち着いていて大人な雰囲気《ふんいき》に流され、勘違いしていると言われるかもしれない。

でも、これは恋だ。私はそう思う。

ビシッとあの人たちに言い放った篠宮さんはかっこよくて、あんな状況じゃなかったら見惚れていたに違いない。

手に持ったホテルのショッパーバッグへ視線を落とす。中に入っているのはおいしそうなケーキの数々。

私はケーキが入っている箱を見て決心した。

ダイエットをしよう。

次にいつ篠宮さんに会えるかわからないけれど……綺麗になって、自分に自信を持ちたい。

篠宮さんの隣に並んでも、誰にもバカにされず釣り合う女性になりたい。

その決意を胸に、玄関のドアを開けた。リビングへ歩を進めて、ソファに座っている両親へ挨拶《あいさつ》をする。

「ただいま戻りました」

「おお、おかえり。入籍おめでとう。食事をして来たんだろう？　楽しかったか？」

父が好奇心たっぷりに尋ねる。

「ありがとうございます。楽しかったです。お母さん、これ篠宮さんから」

「あら、何かしら？」

「ホテルのケーキです」

母はショッパーバッグに印字されたホテルの名前を見て、笑顔になる。

「まあ、ここでお茶をしたことがあって、最高においしかったのを覚えているわ。あなた、お紅茶でいただきましょうか？」

「そうだな。彩葉も座って今日の話をしてくれ」

「先に手洗いをしてきますね」

リビングを出て自室へ行き、バッグと脱いだコートをハンガーに掛け終えると、洗面所で手洗いうがいをすませてリビングに戻る。

父が座るソファの前のローテーブルには、ケーキの箱と三枚のお皿とフォークが並べてある。

そこへ母がアールグレイティーの入ったガラスポットを運んできた。

「全部種類が違うのか。彩葉はどれがいい？」

甘党の父は顔を緩ませて対面に座った私に尋ねる。

「私は食べてきたのでいいです」

「彩葉、ケーキなら三つくらいはいつもペロリと食べるじゃない」

母は不思議そうに言ってから、アールグレイティーをカップに注ぐ。

「い、いつもそんな食べてないです。もうお腹がいっぱいなので」

「食べなかったら夜中に後悔するんじゃないか？」

からかうように笑う父をじとりと睨《にら》む。

本当のところ、あとふたつはいける。でも、ダイエットをして綺麗になると決意をしたので頑《がん》として首を左右に振って拒否をした。

ひそかにダイエットをしようと思っていたけれど、ここは宣言しておいた方がいいと、思い切って口を開く。

「お父さん、お母さん。私は今夜からダイエットをします。だから今後スイーツを勧めないでください」

「い、彩葉！　理人君と何かあったのか？　体型のことで傷つけられる言葉でも――」

「違いますっ。何もないです。次に篠宮さんに会ったときに今より変わっていられたらなって思っただけです」

父の心配を途中で遮《さえぎ》り、気持ちをさらけ出した。

母が両手を叩《たた》いて拍手する。

「彩葉は理人さんが好きになったのね？　彼のために綺麗になりたいと。ダイエット応援するわ」

篠宮さんに恋したことを母に悟られ、じわじわと顔が熱くなっていく。

「そ、そういうことなので。お風呂に入って寝ます」

ソファから立ち上がり、うれしそうな両親を尻目にそそくさとリビングをあとにした。

三、綺麗になるための努力

翌朝、目が覚めたときも、篠宮《しのみや》さんへの恋する気持ちは変わっていなかった。

ベッドに体を横たえたまま、エンゲージリングとマリッジリングのはまった左手の薬指に目を向ける。

この結婚は契約で、私の大学卒業にあわせて終わる予定だけど……私はもっと篠宮さんのことを知りたいし、彼に私のことを知ってもらいたい。

別れる前に新しい私を見てもらって離婚を考え直してもらう。そのためには、頑張って自分磨きをするに尽きる。

通学の電車の中でどんなダイエットがいいのか検索しよう。

見た目だけじゃなく、中身だって磨かなくちゃ。

マナーレッスンや料理も習って、子供扱いされないように、「いい女になったな」と絶対に言ってもらえるように努力を怠《おこた》らない。

今日、篠宮さんは日本を発つ。次にいつ篠宮さんと会えるかわからない。

だけど、会いたい気持ちに蓋《ふた》をしなければ。

篠宮さんは煩《わずら》わしさをなくしたいから私と結婚したのだ。私がうるさくしたら嫌われかねない。

あえてスマートフォンに、メッセージを入れるのもやめることにした。

男女の駆け引きなどまったくわからないが、大学を卒業するまでに見違えるように痩《や》せて綺麗になって、結婚生活を続けてもかまわないと思ってもらえるように努力をする。

『大学生活でやりたいことを見つけるんだ。君が目指す道を俺は応援するから』

昨晩の篠宮さんの言葉を思い出す。

私のやりたいことは、篠宮さんの〝偽りではない妻〟だ。


その週の金曜日のランチタイムは、カロリー少なめのお弁当をひとりで食べ終え、カロリー消費のためにキャンパスを歩いていたところへ見知らぬ番号から電話がかかってきた。

立ち止まってスマートフォンの画面を見てみると、東京の電話番号だった。

誰だろう……。

タップをしておそるおそる電話に出てみる。

「もしもし……?」

《彩葉さん、理人の父です》

義父だった。

「お義父様、こんにちは。顔合わせではお世話になりました」

《こちらこそ、入籍まであっという間だったから大変だったでしょう。あなたに渡したいものがあるので、時間のあるときに事務所へ来てもらいたいんだが……今日はどうだろうか?》

「講義が十六時までなので、それから向かうのでもよろしければ……」

突然の義父からの呼び出しに困惑している。

《もちろんそれでいい。では待っているよ》

「はい。わかりました」

通話を切ってから、義父の言葉を考える。

渡したいものってなんだろう……。

講義後、約束どおり篠宮法律事務所へ向かう。

建物の中へ歩を進めて受付の前へ立つも、自分が〝篠宮彩葉〟だとは言えずに 〝花野井《のい》彩葉〟と名乗った。

受付の女性はすぐに入館許可証を私に手渡し、「社長がお待ちです」とエレベーターまで案内してくれた。旧姓でもわかるよう受付に伝えてくれていたようだ。

最上階で降りたところで、先日、案内をしてくれた社長秘書の衣笠《きぬがさ》さんが待っていた。

「どうぞ、こちらです」

「はい、ありがとうございます」

衣笠さんのあとに付いて行き、社長室へ入室する。

月曜日、ここで篠宮さんに会って、婚姻届と契約書にサインをしたのが現実じゃないみたいに感じてしまう。

社長室には当然ながら篠宮さんの姿はなく、今日は義父が窓を背にしたプレジデントデスクから離れて、私のところへ近づいてくる。

「彩葉さん、わざわざすまなかったね」

「とんでもないです。あの、何か……」

「どうぞ、掛けてください」

不安な表情を向ける私に、義父はソファを勧める。私が座るのを待って義父は対面に腰を下ろした。

「実は、理人から頼まれていることがあってね。あと少ししたら銀行の本部長が来るから、ケーキでも食べて待っていよう」

え？　ケーキ……。

銀行の支店長が来ることよりも、ケーキに気をとられてしまった。

ダイエット中なのに……。

ドアがノックされ、サックスブルーのスーツ姿の女性がケーキとカップをトレイの上に載せて、室内に入ってきた。

サラサラのブラウンの髪に、スーツを着こなす見事なスタイル。その女性は淑やかな所作でフルーツたっぷりのケーキと紅茶のカップをそれぞれの前に置くと、私が彼女に見惚《みと》れているうちに、静かに頭を下げて出て行った。

あんな素敵《すてき》な女性になりたいな……。

「彩葉さん、どうぞ。もう五時近い。お腹が空いただろう」

義父に勧められるが、ダイエット中の身としては食べるのに躊躇《ちゅうちょ》する。

「……いただきます」

紅茶のカップを手にして口へ運ぶ。

「急な縁談で戸惑っただろう？　理人と結婚してくれてありがとう。籍は入れたが、君たちが一緒に住むまで時間があるから、ビデオ電話や向こうへ遊びに行くなどして、ゆっくり息子を知ってもらえればいい」

篠宮さんは私がビデオ電話で連絡をしたり、ニューヨークへ行ったりするのを喜ばないだろう。

「はい。そうさせていただきます」

無難に答えたところへ、秘書の衣笠さんが年配の男性を連れて現れた。

立ち上がった私に年配の男性は名刺を渡して挨拶《あいさつ》をする。大手都市銀行の丸の内本店の本部長だ。

恐縮しながら着席すると、さっそく本題に入った。

「理人様から奥様に、口座を作るようご依頼を受けました。こちらです」

通帳を差し出され、当惑しながら受け取った。

私の口座……？

「あの、お義父様。いったいどういうことなのでしょうか……？」

尋ねる私に、義父はおかしそうに目尻を下げる。

「結婚をしたのだから、生活費は当然、理人が持つに決まっている。もちろん大学の授業料もだ」

「そんな！　いただけませんっ」

渡された通帳をテーブルの上に置く。

「いやいや、そんなわけにはいかない。君はもう私の義理の娘でもあるんだ。生活費は毎月十五日に送金。ご両親に渡すのでもいいし、それは話をしてから決めるように。授業料は年一回、送金される」

生活費や授業料を篠宮さんからいただくなんて、これっぽっちも頭になかった。

「彩葉さんの夫は理人だ。理人が君のための費用を出すのは道理にかなっている。それと、これは私と妻からのお祝いだ。急だったので、プレゼントを選ぶよりも自分の好みの物を買ってもらうように用意した」

義父は封筒を通帳の隣に置いた。

「お祝い……。こ、これもいただくわけには」

別れないために努力はするけれど、離婚を前提とした契約結婚だ。騙すようなことをしているのに、お祝い金なんてもらえるわけがない。

「さすが花野井さんの娘さんだ。欲がない」

義父と銀行の本部長は顔を見合わせて頬を緩ませている。

「奥様、のちほどキャッシュカードは郵送させていただくので、こちらの用紙にご記入をお願いいたします」

拒否権はなく、キャッシュカードの申込書を仕方なく書いた。

生活費と授業料は両親に相談して、使わなければいいのだ。


その夜、自室のベッドの上で、篠宮さんに口座の件で連絡をしようか迷っていた。

夕食時に両親に生活費や授業料の話をすると、「理人くんとお前が一緒に暮らすまで時間がかかる。結婚したといっても、お前は私たちの娘なのだから生活費も授業料も親が出して当然だ。入金されたお金はとっておきなさい」と言われた。

だからこれ以上、送金してもらう必要はないのだと電話をかけようと思ったのだが、スマートフォンを持ちながら一時間以上は迷っている。

義父から渡されたお祝い金は百万円だった。電車に乗る前に慌てて銀行へ行き新しく作られた口座に預け入れたが、大金を持たずにすんでホッとしながら自宅へ戻った。

お祝い金の件も両親に話したが、好きにしなさいと言われている。とりたてて欲しいものもないので、このままにしておくことにした。

通帳に記載された、篠宮さんから生活費として渡された額は三十万円で、大学卒業後の初任給よりも多い金額だ。

「はぁ～」

重いため息をついてから、電話をかけるのはやめてスマートフォンのメッセージアプリを開く。

【生活費と授業料は必要ありません】

用件だけ書いて送ると、枕元に放る。

今日はケーキを食べてしまったので、これから腹筋を百回すると自分に課した。

十二月に入ったが、篠宮さんからの返事はない。

予想はしていたけれど……。

わかっていても返信がこないのは寂しい。

ダイエットを始めて二週間経ったが、運動が足りないのか一キロしか減っていない。

今月は凪子《なぎこ》の父親が所有する北海道のホテルへ行き、スノーボードをする予定になっている。この旅行は篠宮さんとの結婚前から決まっていたものだ。

凪子の父親は各地にラグジュアリーなホテルや旅館を経営しているので、シーズン真っ盛りでも簡単に受け入れてくれる。

まだ凪子には篠宮さんの話をしていなかった。試験もあったし彼女もプライベートに忙しくて、ゆっくり話している時間がなかったから。

北海道なんて食べ物の誘惑だらけよね……。

スノーボードは高校から毎年滑りに行っているから、それなりに転ばずにできる。鬼のように滑りまくればダイエットになるかな。

旅行はクリスマスイブ前日から二泊三日の行程だった。

十五日の朝、大学のキャンパスを歩いているとスマートフォンが着信を知らせた。銀行からだ。今日が篠宮さんからの生活費の送金日だったことに気づく。三十万円の振り込みがあった連絡だった。

必要ないってメッセージを送ったのに……。

私が卒業するまでずっと入金をされ続けていたら、高級クラスの外国車が買える金額になってしまう。

「彩葉？　どうしたの？　立ち止まって」

「あ、凪子。おはよう。ううん。なんでもない」

スマートフォンをコートのポケットにしまって歩き出す。

「来週は旅行だね。それを楽しみに試験勉強頑張ったのよ？」

「試験勉強は大変だったたね。私も今、旅行のことを考えていたところよ」

私は瓜子に顔を向けて微笑《ほほえ》む。

「ずっと忙しかったからさ、たくさん楽しもうね！」

「うん。楽しもう！」

二十三日は朝のフライトで北海道へ飛び、お昼前にはホテルに到着する予定だ。


その日、自宅キッチンでは七海《ななみ》さんと母が夕食の準備をしていた。リビングに入ったときからお出汁の匂いが漂っていて、お腹がくぅと小さな音を立てる。

「ただいま戻りました」

キッチンにいるふたりに挨拶をすると、七海さんが手を止めにっこり笑う。

「彩葉ちゃん、おかえりなさい。今日はおでんよ」

「食欲のそそる匂いがしていますね。楽しみです」

そう言いつつもダイエット中なので、粉もののネタで一番好きな〝ちくわぶ〟を諦めるしかないだろう。

「渉《わたる》兄さんは？」

「忘年会で遅くなるのよ。お義母《かあ》様に話したら、夕食に誘ってくださったの。お義父様も会食だそうよ」

忘年会シーズンだから、連日お父さんも渉兄さんも忙しいようだ。

「彩葉、コートを置いてきなさいな。少し早いけど、できたからいただきましょう」

「はい」

ダイニングテーブルでは、たっぷりのおでんが大きなお鍋で温められていた。

私なりのダイエット方法は、カロリーを減らしたり糖質を少なめにしたりすること。

そのおかげか肌は調子が良く、にきびが今のところなくなっている。

たまごや昆布、しらたきなどを食べている私に母が口を開く。

「彩葉が好きなじゃがいもがあるわよ」

「お母さん、じゃがいもは糖質が多いのでダメなんです」

「少しくらい、いいじゃないの」

「やる気を損なうようなことは言わないでください」

母と私のやり取りを七海さんが笑っている。

「彩葉ちゃん、一生懸命なのはいいと思うけれど、やりすぎて体を壊したら大変よ？

食事の管理アプリなんかもあるから試してみたらどうかしら？　バランスも大切よ」

「そんなアプリがあるんですね。調べてみます。あ、七海さんはジムに通っていますよね？　同じところへ行こうと思っているんですが」

「ジムに？　それなら最初はパーソナルジムを勧めるわ。マンツーマンだからトレーニングマシンの使い方を覚えられるわよ。そうすれば、ジムへ行っても使い方をいちいちトレーナーに聞かずに済むと思うの」

七海さんのアドバイスになるほどと頷《うなず》く。

「来年からみっちりやりたいので、調べてみますね」

年内の北海道旅行や新年のおせち料理とお雑煮などで、食べたい欲に負けてしまうかもしれない。

でも、そんなんじゃダメよね。頑張ろう。

就寝前、ベッドの上で仰向けになり、スマートフォンのメッセージアプリを開いた。送金の件で篠宮さんへ送る文面を考えている。

きっと私がいらないと言っても、篠宮さんの考えは変わらないのだろうと思う。

このお金も、契約書にあった三億に含まれているものかもしれない。

もう一度、必要ないとメッセージを送っても止めないようであれば、あとは放置するしかない。

いちいちメッセージを送っても篠宮さんにとって煩《わずら》わしいだけ。

【本日入金がありました。必要ないので止めてください】

これが最後と、それだけを書いて送った。


大学は冬休みになり、楽しみにしていた北海道旅行の日を迎えた。

凪子と羽田空港で待ち合わせ、飛行機で新千歳空港へ向かう。フライト時間は二時間もかからない。向こうでやりたいことを話しているうちに、新千歳空港へ到着した。

そこから迎えの車に乗り込み、しばらくしてホテルに着けば一面の雪景色。ダウンコートを着ているのに車から降りた瞬間、あまりの寒さにブルブルと震えた。

白い息を吐《は》いてぐるりとあたりを見渡せば、雪山の絶景が広がっている。ここには何度も訪れているけれど、この景観を目にするたびに感嘆の声を上げてしまう。

「わあ！　相変わらずすごい景色！」

「お昼を食べたらさっそく滑りに行こう」

チェックインをして、ツーベッドルームへキャリーケースなどの荷物を置くと、すぐさまスノーボードウエアに着替える。

凪子はマスタード色のスタンダードの上着に紺色のパンツのウエアで、私は薄紫色のオーバーサイズの上着に、グレーのパンツのウエアだ。

スタンダードは体にわりとフィットした上着で、オーバーサイズはお尻まで隠れるゆったりめの上着になっている。

一年ぶりに着てみると、ウエストが少しだけ緩くなっている気がした。

ゴーグルや手袋を持って、ポケットにはこのホテルで使えるカードを入れる。

これはホテルのレストランでの食事や、ゲレンデの近くで軽食を売っているショップ、さらにリフト券も購入できるカードで、チェックアウトの際にまとめて支払えるようになっている。

「軽食よりレストランで食べようか。お腹空いたものね」

凪子の提案に賛同して、私たちはホテル二階にあるレストランへ向かった。軽食を売っているショップだと、ラーメンやフライドポテトなどの炭水化物ばかりなのだ。

ここではサラダだけにしようとしたが、これからたっぷり動くんだからちゃんと食べなくてはダメだと凪子に言われ、海鮮丼と温かいお味噌汁を選んだ。

たしかにサラダだけでは力が出ないかも。

海鮮丼の新鮮なネタに舌鼓を打つ。さすが北海道。

凪子も同じものを頼み、上着のインナーポケットにしまっていたスマートフォンで海鮮丼やレストランから臨める景色を写真に収めていた。

海鮮と酢飯を半分ほど食べて食事を終わらせた私を見て、凪子がふふっと笑う。

「なあに？」

「今まで食いしん坊だった彩葉の変わりようがおかしくて。どういった心境の変化かなって」

「今夜話すね。もう十三時近いよ。行こう」

「わかった！　今夜楽しみにしているから！」

私が席を立つと、凪子も腰を上げた。


北海道の上質な雪で滑るのは至福の時間だ。

雪上を滑降する際、特に好きなのが、ターンしたときにパウダースノーがふわっと舞い上がるところ。キラキラと舞う雪がゴーグルを通してからでもわかる。

運動をそれほどしてこなかったけれど、両親のスキー好きから幼い頃から滑る機会が多く、インドアな私だけど上級コースでも問題ないくらいに滑ることができる。

凪子も小さい頃から頻繁にスキーやスノーボードをやっていたし、運動神経がいいので、私より転ぶ回数が少なく上手だ。

二時間ほど滑って、ゲレンデに突き出たデッキでホットレモンティーを飲んだあと、周囲が暗くなってライトが点くまで楽しんだ。

「うーっ、すでに筋肉痛～」

凪子は体の痛みに顔をしかめて、部屋へ上がるエレベーターのボタンを押す。

私は今のところ、少しだけ筋肉痛がきてるくらい。毎晩の腹筋や腕立て伏せをしていたのが良かったのだろうか。でも脚はきっと痛くなるはず。

「温泉につかって筋肉をほぐそうね」

「賛成！」

私たちは到着したエレベーターに乗り込んだ。

別館にある温泉にゆっくり入り、夕食は和牛や海鮮が楽しめるしゃぶしゃぶになった。凪子がこれならダイエット中でもたくさん食べられるよと、選んでくれたレストランだ。

食事を終えて部屋に戻りがてら、ロビーにある大きな窓の前で足を止め、ゲレンデに飾られた大きなクリスマスツリーを眺《なが》める。

ふと気づけば周りにはカップルばかり。ラブラブの雰囲気《ふんいき》にあてられそうだ。

凪子と顔を見合わせ同時に肩をすくめてから、私たちは部屋に戻った。

ホテルのあちこちにクリスマスツリーが飾ってあって、ロケーションがいいので、恋人同士で過ごすにはロマンチックだろうな。

私も篠宮さんと来たいな……。

などと考えるが、そんなことがもしあれば奇跡だろう。

「さてと！　彩葉の話をしてよ」

ツインベッドに向かい合いながら座って、温かなホットココアを手にする。お砂糖が入っていない少し苦みのあるココアだ。

「前に縁談の話をしたことがあったよね？」

篠宮さんと入籍したのを話すのは、友人では凪子だけだ。

「うんうん。気になっていたけれど、あれから何も言わないから破談で終わったのかなって思っていたわ」

「私、篠宮彩葉になったの」

思い切って言うと、凪子はぽかんと口を開け、まじまじと私を凝視する。

「十一月二十一日に婚姻届を提出したの」

不安になって言葉を重ねると、凪子がハッとして自分のベッドを離れ私の隣に座る。

「彩葉っ！　びっくりし過ぎて何を言っていいのか……」

両手をガシッと握られて、心配そうな目を向けてくる。

「私がダイエットをしているのは、篠宮さんに好きになってもらいたいからなの」

結婚した経緯《いきさつ》と彼を好きになったレストランでの出来事、そして交わされた約束。

信頼している凪子だから全部話した。

話し終える頃には、手にしたココアはすっかり冷めていた。

「……そうだったんだ。彩葉のダイエットにはそんな理由があったのね。今でも十分可愛いと思うけどな。それにしても、本当に失礼なヤツね」

レストランで出会った篠宮さんの同級生の話に、凪子はムカムカしてくれていた。

「今の私は子供で、スタイルもよくないけれど……篠宮さんと再会するとき、綺麗になったと目を向けてほしくて」

「離婚回避かぁ……。メールの返信もないし簡単に会えない分、彩葉の良いところを見せられないし……手ごわそうな相手ね」

「うん。でも私自身、変身できるがどうかわからないけれど、自分に自信が持てたときに会いたいの。本当は今だって篠宮さんに会いたいけれどね」

「彩葉をこんな風に思わせる男か～」

「凪子だけに話したから、他の人には内緒でお願いします。あ、大学は書類関係で仕方なく氏名変更届をしたけどね」

「もちろんよ。卒業まであと三年あるんだから、絶対に今より綺麗になれるよ」

「ありがとう。頑張るね」

凪子に入籍の話ができて肩の荷が下り、安堵した私は笑みを深めた。


スノーボードやスノーモービルをしたり、スキー板を履いて雪山をハイキングしたり、私たちはたくさん遊んで二十五日の夕方帰路に就いた。

お土産の入ったバッグをキャリーケースの上に置いて、自宅玄関に入ると同時にホッと息を吐《は》く。

リビングに顔を出すと、キッチンにいた母が近づいてきた。

「ただいま戻りました」

「おかえりなさい。北海道は楽しかった？」

「はい！　とても楽しかったです」

お土産をソファのテーブルに出している私に、母が思い出したように両手をパチンと叩《たた》いた。

「そうだわ、さっきニューヨークの理人さんから荷物が届いたわよ」

「えっ？」

気づかなかったが、私がお土産を置いたテーブルの隅に小包が置いてあった。

なんだろう……。

もし契約に関して見られては都合の悪いものが入っていたらと思うと、母の前で開けることに躊躇《ちゅうちょ》する。

でも篠宮さんならそんなヘマはしない。両親がいる前で開けるのは想定内のはず。

「開けてみますね」

梱包の紙を丁寧に剥《は》がすと、リボンをかけられたハイブランドの箱が目に飛び込んできた。リボンをほどいて蓋《ふた》を開けると、クリスマスカードがあった。

あ……クリスマス……プレゼント？

カードをテーブルの上に置いて薄紙をめくる。中に入っていたのは表がグレー、裏はローズの上質なマフラーだった。手に触れた感触が極上に滑らかで柔らかい。

「まあ、素敵なマフラー！　理人さんからクリスマスプレゼントなのね？　ちゃんとお礼を伝えなさい」

持っていたマフラーを母は手にして、私の首に巻く。

「いいわ～お母さんも欲しくなっちゃうくらい素敵よ」

頬に触れるカシミアの肌触りが気持ち良くて、生地をずっと撫《な》でていたくなる。

「荷物を片づけてきますね」

「あと一時間くらいでお父さんが戻って来るから、夕食は待ちましょうね。クリスマスだからローストチキンを作ったの」

コクリと頷いてからクリスマスカードを持ち、首にマフラーを巻いたまま玄関へ向かう。キャリーケースを持ち上げて自室に入った。

キャリーケースをキャスターが床に着かないように平らにして置いて、首に巻いていたマフラーを外す。

マフラーを丁寧に畳んで箱に入れ、可愛いクマたちが連なっているリースが描かれたクリスマスカードを開く。そこは何も書かれていなく、真っ白だった。

〝Merry Christmas〟ぐらい書いてくれたっていいじゃないっ。

残念に思う気持ちを、首を横に振って追い払う。これは両親へのカモフラージュなのだ。

篠宮さんにクリスマスプレゼントのお礼を打ってメッセージを送った。

私は何も贈っていないしね……。

クリスマスプレゼントを贈るべきだったかもと、ため息がこぼれた。

お正月が過ぎ、パーソナルジムに通い始めた。しっかり食事の管理もカリキュラムが組まれ、二カ月後には五キロ体重が減った。

一気に減量してリバウンドをしないように、食事の量や質、運動量を考えて長期的にダイエットを行っている。

季節は春になり、私は無事に大学二年に進級すると、義理の両親から綺麗な花束が届いた。

義父へお礼の電話をすると、「夏休みに向こうへ行ったらどうか」と言われて返答に困ったが、無理やりな感じでもなく言葉を濁《にご》して通話を終わらせた。

篠宮さんからは、相変わらず毎月の生活費が送金されていて、三月には銀行から授業料一年分の入金のメールまで届いた。

なんと書けばいいのか文章が思いつかず、メッセージは送っていない。

本当は篠宮さんの声が聞きたくて、何度スマートフォンを持って彼の番号を画面に出したかわからない。

それよりも自身のレベルアップをするのが先決。

素敵な女性になるために新たに通い始めたのは、女性らしい所作やマナーが身につけられるフィニッシングスクール。テーブルマナーや好感を持たれる社交術、大人の女性の心得など、広範囲にわたって自分磨きをしている。

五月も半ばに入ると、入籍のときは襟足くらいの長さだった髪が鎖骨に触れるくらいになっている。髪は伸ばすつもりで、サラッとかき上げられるくらいの女性になるのが目標だ。

今年の梅雨明けは早く、日を追うごとに夏らしくなっていく。

そんな中、私は七月三十一日に十九歳の誕生日を迎える。驚くことに篠宮さんは三日後の八月三日に三十一歳になる。

誕生日プレゼントを贈りたくて、デパートや高級ブランド店などへ赴《おもむ》き探し歩いた。

数日間考えて、ハイブランドの商品の中でもそれほど高くないネクタイを選ぶ。

ネクタイはラベンダー色で幾何学《きかがく》模様が入り、その中に馴染《なじ》むようにブランドのロゴが描かれている。

プレゼント用に包装してもらい、自宅に戻ってカードに〝お誕生日おめでとうございます〟とだけ書いて梱包用の箱にしまった。

篠宮さんからもらった名刺の裏にある自筆の住所を送り伝票に記載して、パーソナルジムへ行くときに国際郵便で送った。

五月から体重は一キロ減っているが、筋肉量も増えて順調だ。それでもまだ見た目は劇的に変わったわけではない。

十九歳の誕生日当日、篠宮さんからプレゼントが届いた。両親の手前、送らざるを得なかったのかもしれないけれど。

プレゼントはブランドのトートバッグだ。通学にも持てるような使い勝手のいいデザインなので、ありがたく使用させてもらうことに。

私が贈ったプレゼントはまだ到着していないはず。

ネクタイとトートバッグでは値段に差があるけど……。

それにしても前回のマフラーといい、このプレゼントといい、センスの良いものばかりだ。アドバイスできる女性がそばにいるのではないかと勘ぐってしまうが、すぐに頭を左右に振る。

それだったら、その人と結婚しているはず。秘書かショップの店員のチョイスなのだろう。そう思おう。

篠宮さんには誕生日プレゼントのお礼のメッセージを送った。

二日後、もうそろそろ寝ようかと思った二十三時すぎ、ベッドの上に置いていたスマートフォンが着信を知らせた。

え……？

画面に映し出された名前が〝篠宮理人〟。

その名前を目にした瞬間、心臓がドクンと跳ねて、画面をタップする指先が震えた。

「もし……もし……」

突然の篠宮さんからの電話に頭の中が真っ白になる。

《篠宮だ。誕生日プレゼントをありがとう》

ずっと彼の声を聞いていなかったから、聞き心地の良いバリトンに胸が痛いくらい締めつけられる。

「は、はい。私の方こそ、いつも色々とありがとうございます」

フィニッシングスクールで習った、落ち着いた声色を出せているのか気になってしまう。

《送った金は気兼ねせずに使うといい》

そこで、電話の向こうから流れるような英語が聞こえてきて、篠宮さんが『すぐ行く』と英語で答えるのがわかった。

《じゃあ》

そう言って、通話が切れた。

ニューヨークは朝の九時過ぎ。会議だと聞こえた。

「忙しいのに、電話をかけてきてくれただけでも喜ばなくちゃね」

もっと話をしていたかった気持ちもあるが、何を話せばいいのかもわからないから、これで良かったのだ。

「篠宮さんの声を聞けただけでも良しとしよう！」

妻なのに、手の届かない夫。

恋をしている気持ちを糧《かて》に、会えるときまでもっともっと自分磨きを頑張らなきゃ。


二年後——。

雪上をスノーボードで滑る私を追いかけるようにして、ふたりの社会人風の若い男性がかっこ良くターンして止まり、ゴーグルを上げる。

「ねえねえ、俺たちと夜バーで飲まない？」

古い言葉で言うと、ナンパだ。

ゴーグルをつけたまま彼らを見遣《みや》りにっこり笑う。

「ごめんなさい。結婚しているのでご期待に添えないと思います」

丁寧な口調で断ると、声をかけた男性が「え？」とびっくりする。

「それって、断る口実かな？」

「いいえ。本当に結婚しています」

きっぱり言い切ると、「そっかぁ～残念」と口にして、彼らはゴーグルをかけて去って行く。

そこへ瓜子が美しいターンで私の横にぴったり止まった。

「あ～あ。これで何人目？　去年より多いじゃない。もう五人目よ。まだゲレンデに出て二時間しか経っていないって言うのに」

瓜子がケタケタ笑っている。

「ゴーグルをしているのに、どこを見て声をかけているのかな……」

「そりゃ、そのナイスバディとニット帽から出た艶《つや》やかな長い髪じゃない？　そんでもって、ゴーグルを取ったら美女でびっくりするって流れかしら」

今年新調したウエアは、以前のものよりもぴったりしている。赤の上着とグレーのスリムなパンツ。赤は派手かなと思ったけれど、買い物へ一緒に行った瓜子のお勧めだ。

「美女じゃないって」

緩やかに波打つ髪は毛先を揃える程度のカットしかしていないので、肩甲骨の下までの長さになっている。

「ううん。美女だって。整形もしていないのに、痩せただけでびっくりするほど変わったわ」

六十三キロあった体重は現在四十七キロ。パーソナルジムからボディメイクのジムに変更したら、ウエストはキュッと絞られ、ヒップアップした。

肌にも気をつけ朝晩のスキンケアも丁寧に施している。本来なら、雪焼けしやすいスノーボードは敬遠したいところだが、凪子と毎年訪れているクリスマス時期の北海道旅行は、今年で最後かもしれないので遊ぶと決めたのだ。

今年で最後かもしれないというのは、凪子にも縁談話がいくつもきているというし、彼女は父親の会社に就職するからだ。

篠宮さんと籍を入れてから三年。私は大学の卒業を間近に控えている。

約束の時が刻一刻と迫り、大学を卒業する前にニューヨークの篠宮さんに会いに行く予定でいる。

努力して変わった私を見てもらうのだ。

凪子の言葉では〝激変〟しているので、絶対に大丈夫だと。

この三年間、篠宮さんは一度も帰国せずクリスマスと誕生日にプレゼントを贈ってくれるだけの関係だ。送金は滞ることなくされているが、いまだに手をつけていない。

スマートフォンにメッセージは何度かあったが、簡単なお祝いだけで、相変わらずそっけなかった。

「さてと、もうひと滑りしたら温泉に入ってゆっくりしよう?」

あと三十分ほどで陽が落ちるので、ゲレンデにはライトが点き始めた。

「OK! じゃあ、上に行ったら競争よ」

凪子は宣戦布告して、先にリフトに向かった。


いつものようにあちこちが痛いと話す凪子は早く温泉に入りたがり、私たちはゆっくり冷えた身体を温めた。

温泉から上がったあとは、五階にある鉄板焼きレストランで夕食だが、髪が長いためドライヤーで乾かすのに時間がかかる。

先に支度を終えた凪子が、うしろでニヤニヤしているのが鏡を通して見えた。

「な、なあに?」

ドライヤーのスイッチを止めて鏡ごしに凪子に尋ねる。

「うらやましいな～って。痩せても胸はなくなってないし。私も一緒にダイエットやフィニッシングスクールへ通えば良かったかな」

「そうだね。一緒にやっていたら楽しかったかもね」

太っていたから胸も大きかったけれど、あまり小さくならないように気をつけてメニューを組んで運動をしていたので、大きさは六十五のDカップになっている。

「彩葉の一途さが篠宮さんに伝わるといいわね」

「ん……。どうなるかわからないけれど、思いをぶつけてくる」

「三年半、ほとんど会ったことのない男性だけを想い続けているなんて、彩葉、異常だもん」

「もうっ、異常なんて言わないでよ！」

笑みを浮かべてから、再びスイッチを入れて髪を乾かし始めた。

レストランで案内されたテーブルは、シェフが目の前で焼いてくれる席だ。

「ビールで乾杯しようか」

凪子の提案に同意して、そばにいたスタッフにオーダーする。

二十二歳の私たちはお酒を嗜《たしな》む機会も増えてきた。凪子は強いが、私はビール二杯が限度だ。運ばれてきたキンキンに冷えたビールで乾杯して、ひと口飲む。

「んー滑って、温泉入ってからのビールは最高ね」

私はお酒に弱いので、凪子のように〝最高〟とまではいかないけれど、最初の一杯はおいしく感じる。

料理はコースを頼み、目の前で国産黒毛和牛やタラバガニ、アワビや野菜などをシェフが焼き、私たちは出来立て熱々の新鮮な素材を堪能した。


凪子とまた一緒に旅行に行くことを約束して二泊三日の北海道旅行は終わり、自宅に戻ると、篠宮さんからクリスマスプレゼントが届いていた。

今回のプレゼントが彼の中では最後なのか、今までで一番高価な時計だった。

文字盤の周りにダイヤモンドがちりばめられ、ブレスレットはホワイトゴールド、ニューヨークに本店を構えるエンゲージリングと同じハイブランドのものだった。

時計の美しさに、両親は目を丸くしていた。

お正月が過ぎ、三月の大学卒業式の前に篠宮さんのいるニューヨークへ行く気持ちは変わらなかった。

向こうで篠宮さんと会うことを考えると、すぐに心臓が痛くなって呼吸が乱れる。

私の努力の結果は、果たして彼に受け入れられるのだろうか。

一月の半ば、義父に電話をかけ、相談をしたいことがあるのでお会いしたい旨を伝えると、ランチを一緒に食べることになった。

義父に会うのも久々だ。

丸の内のビルの上、東京駅を見渡せるレストランへ向かい、エレベーターを降りて入り口で控える男性スタッフに声をかける。

「いらっしゃいませ」

「篠宮で予約が入っているかと」

フィニッシングスクールで習った上品な女性の雰囲気を醸し出す。

「承っております。コートをどうぞ」

ブラウンのカシミアのコートを脱いで、クロークへ預ける。コートの下はウエストが絞られた白のニットワンピースで、十センチヒールの黒のブーツを履いている。

男性スタッフは笑みを浮かべて、義父のテーブルへ案内してくれる。

こちらを向いて座っていた義父と目が合うが、スッと逸《そ》らされた。

もしかして私だとわからない……？

四人掛けのテーブルに男性スタッフが案内すると、義父が驚いた顔になる。

「君、お嬢さんは私の連れでは――」

「お義父様、彩葉です」

「ええっ⁉　い、彩葉さん？」

義父は目を丸くして驚き、口をあんぐりと開けた。

「はい、ご無沙汰《ぶさた》しております」

私は義父と男性スタッフに頭を下げる。男性スタッフはうやうやしく椅子《いす》を引いて私を座らせると、その場を離れた。

「驚いた……見違えたよ。綺麗な女性が席を間違えて案内されたのかと。本当に？　私を担《かつ》いでいないかね？」

まだ疑いの目を向けられて、小さく微笑《ほほえ》む。

これなら篠宮さんも驚いてくれるに違いない。

「はい、本当に彩葉です。り、理人さんに釣《つ》り合うような女性になりたくてダイエットをしたんです」

普段は篠宮さんと呼んでいるので、〝理人さん〟呼びに慣れずに違和感がある。

「無理はしなかったかね？」

「はい。時間をかけたので」

「物腰もずいぶん大人の女性らしくなった。それはそうと、食事を頼もう」

義父が選んだものと同じコースを頼み、オレンジジュースで乾杯した。義父はCEOとはいえ、午後の仕事もある。

ここのレストランはフレンチで有名で、コース料金も高く、周りへ視線を向ければ年配のセレブっぽい男女がお客様だ。

「相談したいこととは何かね？」

「卒業前に理人さんに会いに行こうと思っています」

「いいじゃないか。すまないね。愚息が一度も帰国せずに」

私は首を左右に振る。

「痩せて自信が持てるまでは、理人さんに会わないでいたかったんです。驚かせたくて……」

「確かに腰を抜かすほど驚いたよ」

義父がニヤリと笑う。

「二月の最初の週の土曜日にアパートへ伺おうと思うのですが、私が行くことを内緒にして、在宅か聞いていただきたいんです」

「なるほど。サプライズだな」

楽しそうに笑みを深める義父に、私はコクリと頷いた。

「土曜日か日曜日、どちらでも。金曜日には向こうに到着しているつもりです」

「わかった。それとなく聞いて連絡をしよう」

義父の快諾にホッと胸を撫で下ろした。

食事が終わり義父は会社に戻っていき、私は銀座まで歩いて出発に必要な服を買いに向かった。

四、同伴相手に間違われて

二月の第一週の金曜日、私はニューヨークに向けて日本を離れた。

ビジネスクラスのゆったりした座席に座っているのに、刻一刻と篠宮《しのみや》さんに対面する時間が迫っていると思うと、心臓が暴れてしまう。

義父に確認してもらい、篠宮さんは土曜日の夕方まで自宅にいるという。

落ち着かなきゃ。

そう自分に言い聞かせて、離陸してから出された機内食を食べたあと、コーヒーを飲みながらラブコメディーの映画を選び、チャンネルを合わせた。

私の左手の薬指には、篠宮さんからプレゼントされた二本の指輪はない。痩《や》せてサイズが合わなくなってしまったから。

お直しも考えたけれど、この先どうなるかわからないので、そのままにしていた。なので、自宅の部屋に置いてきた。

それに、高価すぎるエンゲージリングをはめてニューヨークの街を歩くのは危険が伴う。そう考えて、クリスマスプレゼントの腕時計も身につけていなかった。

約十三時間のフライトで、ニューヨーク到着は朝の九時になる。映画を見たら眠ろう。まだ日本時間ではお昼を回った頃で眠くはないが、久々のニューヨークだ。到着してからあちこち歩き回りたい。

無事、ニューヨーク・ジョン・F・ケネディ国際空港に到着し、入国手続きを済ませ、キャリーケースを受け取ってから空港の外へ出る。

ニューヨークは東京より極寒で、黒のダウンコートの上に掛けていたカーキ色の大判ストールを首元に手繰り寄せると、乗客待ちのイエローキャブを横目に日本から手配した車を待つ。

スマートフォンのアプリではこの近くにいるようだ。そこに白人の制服を着た男性が近づいてきた。

『ミズ・ハナノイ？』

英語で話しかけられ、私は笑顔で頷《うなず》く。

『そうです』

パスポートは篠宮姓に直していないので、ホテルの予約なども旧姓の花野井《はなのい》でしている。

『車はこちらです』

男性は私の白のキャリーケースを手にし、黒い車に案内する。

清潔な車内の後部座席に乗り込むと、車はセントラルパークから通りを挟んだミッドタウンにある五つ星ホテルに向かった。

そこは五年ほど前に母と旅行をした際に泊まったホテルだ。

篠宮さんはそのホテルの裏手にある、九十階建てタワーレジデンスの八十三階に住んでいるらしい。

レジデンスの下は五つ星ホテルだ。この辺りはロケーションが良いので高級ホテルが目立つ。

車窓からニューヨークの街を眺《なが》める。危険でダークな通りもあるが、華やかでキラキラしていて、エキサイティングな街だ。

このような街で篠宮さんは仕事をしているのだ。

車はアメリカの国旗が掲げられているホテルの前に着けられた。ドアマンに開けられた後部座席から降りて、キャリーケースを任せてホテル内へ進んだ。

十一時前なのでアーリーチェックインで部屋に入れてもらい、十分後、キングサイズのベッドがひとつあるスーペリアルームのソファに落ち着いた。

この部屋はセントラルパーク側ではなくシティ側で、篠宮さんの住まいであるレジデンスが少し見える。

ベッドは白のリネン類で室内は明るい。少し休んでから、辺りを歩いてみるつもりだ。

機内で楽に過ごせるように、義父に会ったときにも着ていた白のニットワンピースを着ていたが、トレーナーにジーンズ、量販店のコートに着替え、足元はスニーカーに。

ひとりで行動するから用心に越したことはない。動きやすい服装が一番だ。

特に目的はないので、セントラルパークを歩いたり近辺のショップを覗《のぞ》いたりしたいと思っていた。

ホテルを出てセントラルパークに歩を進める。寒いので、公園を楽しんでいる人はまばらだった。

時差ボケに加え、篠宮さんのことを考えてなかなか寝付けなかったせいで、翌日は十一時に目を覚ますという大失態。

十三時に篠宮さんのレジデンスへ着くつもりでいるので時間はあるけれど、目を覚ました瞬間から昨日よりも強い緊張に襲われている。

「お風呂に入って気持ちを落ち着けよう」

バスタブにお湯を溜めて、香りのいいバスオイルを垂らす。バニラの甘い香りだ。

温かいお湯に体を沈めて、ドキドキしている胸に手を置き大きく深呼吸をする。

「もう後戻りはできない。卒業まで一カ月しかないし、篠宮さんは離婚するつもりでいる。体当たりで突き進むしかないわ！」

バスタブの中で両手をギュッと握って、自分を鼓舞《こぶ》した。

ゆったりバスにつかって気持ちを落ち着けたあと、パウダールームでふかふかのタオルで水滴を取ってボディクリームを全身に塗る。

ニューヨークの冬場は乾燥がひどく、ちゃんとケアをしないとすぐに肌がカサカサになってしまいそうだ。

ボディクリームを塗ってから、バスローブを着たままで髪の毛を乾かす。

三日前にヘアサロンで施術をしてもらったブラウンの髪は、ゆるふわにウエーブされ、背中に波打っている。

以前はおかっぱヘアで前髪があったが、今は額を出してスッキリ見せている。

メイクはナチュラルに。以前の自分とはまったく違う差を見せたくて、アイメイクとオレンジがかったリップで強調する。

服は着飾りすぎないようグレンチェック柄のワンピースと、黒のブーツ。

フェイクファーのついたダウンコートを羽織って、鏡に映る姿をチェックしてから部屋を出た。


ホテルを出て五分後、篠宮さんが住むレジデンスが見えてきた。

全体がミラーのそびえたつ建物に唾をゴクリと飲み込む。

オブジェのような雨よけがエントランスから歩道に突き出ており、両脇に黒いスーツに身を包んだ屈強な男性がふたり立っている。

足を運びながら怖気づきそうな自分がいて、しっかりしなければと前を向いたとき、若い女性がおなかをつらそうに押さえているのが見えた。

その女性はとても綺麗で、東洋人のように見受けられる。彼女はタクシーを降りたばかりなのか道路際で立ち止まり、痛みのせいか顔を歪《ゆが》めている。

私はその女性に近づき、英語で話しかける。

『どうかしましたか？』

声をかけると、女性は冷や汗をかいている顔を上げた。

『これから仕事なのに、急におなかが痛くなって……』

その言葉のあとに「どうしよう……」と日本語が聞こえてきた。

「日本人ですか？」

「あ、あなたも？」

驚きながらも女性は痛みに顔を顰《しか》めている。

「すぐに病院へ行った方がいいです。タクシーを呼びますね」

「でも、仕事があるの！」

「……困りましたね。ですが、体の方が大事です」

私は通りに視線をやって、タクシーを探す。

「じゃあ、あなたがその人のところへ行って、行けなくなったと伝えてくれませんか？」

「え？　わ、私がですか？」

「本当に申し訳ないです。エントランスを入った入り口にあるパネルから事情を説明してくれませんか？　このレジデンスに住んでいる日本人男性です。今日はその人とパーティーへ同伴することになっていて、っう……」

ひどい痛みに襲われた彼女は腰を屈《かが》めた。

日本人男性……。篠宮さんの他にもここに日本人が住んでいるのね。

そう思った矢先、彼女がバッグから出したビジネスカードを手に握らされる。

「私のカードです……。そこに先方の名前とルームナンバーが……ううっ……」

ビジネスカードにはこの女性の名前〝星乃亜《ほしのあ》〟とある。その上には英語で〝会員制高級交際クラブ〟と記されてあった。

どうりでモデルのような美々《びび》しい人だ。

お相手の名前を確認しようとカードを裏返した私は、驚きに目をみはった。

そこには、〝篠宮理人《りひと》〟という名前と、電話番号が記されている。

「パーティーへ同伴……」

篠宮さんは彼女に依頼をしたの？

「……わ、わかりました。この方に事情を話してきます」

動揺する気持ちをなんとか抑え、女性から道路に目を向けたとき、タクシーが向こうから来るのが見えた。

「タクシーを止めますね」

「大丈夫です。っはぁ……あ、あなたの名前は？」

「花野井彩葉《いろは》です」

「い……ろは、さん。お礼をしたいから後日、そこの番号に電話をしてください」

仕事を私に託した星さんはホッとしたのか、地面にくずおれた。

「星さんっ！」

彼女の体を支えて、レジデンスの男性へ顔を向けると黒スーツの男性がやって来た。

『救急車を呼びましょう』

『お願いします』

星さんの意識はあって、早く相手の元に行って説明をしてほしいとお願いされてしまう。

私は黒スーツの男性に彼女を任せて、レジデンスに向かって歩き始めた。

予想外のことが起こって、私の頭は整理できていない。

とりあえず、依頼したパーティーの同伴者は来られないという旨を伝えなくてはならない。

ドアマンに開けられたレジデンスの扉をくぐり、その先にある大理石でできたパネルの台の前に立った。

８３０１を押す指が震えている。最後に呼出をタッチし、ドキドキする鼓動を押さえようと胸に手を置いて待つ。

パネルの前に立つ私の顔は、向こうに映し出されているはず。

「どうぞ」

篠宮さんの声が聞こえてきて、ガラスで仕切られたドアが開いた。

え？　私を星さんだと思っている……？

当惑しつつ、ガラスのドアが閉まらないうちに中へ入り、豪華なロビーを進みエレベーターに乗り込むと、いっきに八十三階へ上がっていく。

高所すぎて耳がキーンとなる。

どうしよう。もうすぐ篠宮さんと対面する。まず先に星さんの話をしなければ。

高速のエレベーターは八十三階につき、到着を音で知らせた。

足も震えてきた……。

手に持っていた星さんのビジネスカードをバッグの中にしまい、８３０１の部屋の前で足を止める。

大きく深呼吸をして、チャイムを鳴らそうと手を伸ばしたとき、内側から玄関ドアが開き、ビクッとうしろへ飛びのく。

「遅かったな。入って」

やっぱり私のことを星さんだと思っている。

彼はドレスシャツにカマーバンド、黒の皺ひとつないスラックス姿。

最後に会ってから三年半が経った篠宮さんは、フォーマルな服装のせいか、さらに男の色気を醸し出していた。

あまりにも素敵で、見惚《みと》れてしまいそうになる。

篠宮さんは私を招き入れて、カフスをはめながら冷めた目でじっと見遣《みや》る。

「あ、あの――」

「髪はアップにしてきてほしいと伝えたはずだが？　早く着替えてくれ。パーティードレス一式はそこの部屋にある」

自分は彩葉だと言おうとしたが、遮《さえぎ》られて別の部屋のドアを示されてしまった。

「早く支度を始めてくれ。着替えに時間がかかるだろう？」

動けないでいる私に、篠宮さんは厳しい声色で言い放ちその場を離れた。

取り付く島もない篠宮さんに混乱する。

落ち着かなきゃ。

考えをまとめるために、示されたドアを開けて中へ入室した。うしろ手にドアを閉めた先にモダンなソファがあり、そこに真紅のドレスが無造作に置かれていた。

この部屋はパウダールームのようだ。ソファの足元にはキラキラビジューの黒のハイヒールが置いてある。

パーティードレスに着替えてくれって言われても、サイズは……コートを着ていたから星さんのスタイルはわからなかったけれど。

このドレスが着られなかったら、篠宮さんには人違いだということを説明しよう。着ていた服を脱いで下着姿になると真紅のドレスを手にした。しかし、オフショルダーでブラジャーがつけられない。ドレスの胸の内側を確かめ、パットが施されていたので安堵して身につけた。

パウダールームの壁半分が鏡になっていて、その前に立って真紅のドレスを着た姿をチェックする。

ドレスは私の体にピッタリだった。

ギュっと締め付けられたウエストからスカート部分は膝下から足が見えるが、チューリップの花のようにサイドからうしろまでは足首までの長さまである。

篠宮さんはドレスに合わせて髪をアップにするよう希望していたのね……。

フィニッシングスクールで髪型のレッスンもあったので、大きなドレッサーの前の椅子に腰を下ろすが、ピンやゴムがなかった。

何もないんじゃ、アップにできない……。あ！

バッグに入れた化粧ポーチにゴムが入っていたのを思い出した。

ブラウンの髪のうしろを華やかに見えるフィッシュボーンに編んでゴムで結ぶ。ゴムの結び目は髪で隠した。メイクもさっと直す。

時間が気になり急いで黒のハイヒールを履くと、少しきついが歩けないこともない。

大丈夫かな。

大きな姿見の前に立って自分の姿を映し出すと、真紅のドレスのせいか星さんのような華やかな女性になった気がした。

とりあえず今は星さんの代わりだ。

パーティーが終わったら、篠宮さんに星さんの話をしよう。

できることならば、このパーティーで篠宮さんが私を……妻を見る目が変わりますように。

私に惹《ひ》かれてくれたら……と、願わずにはいられない。

そこで苛立たしげなノック音が聞こえて、ビクッと肩が跳ねる。

「まだか？」

「い、今行きます！」

今の私は〝星乃亜〟よ。

ドアを開けてパウダールームを出る。

心臓が痛いくらいドキドキしているが、表情に不安な気持ちを出さずに篠宮さんの前に立った。

篠宮さんの支度はすっかり終わっているようで、以前会ったときの彼の髪はサラッと額を隠していたのに、今日はアップハングにして男の色気に圧倒される。

タキシードが素晴らしく似合っているのは、大人の男の落ち着いた雰囲気《ふんいき》と高身長、鍛えられた逞《たくま》しい体躯のせいだろう。

「こちらへ」

篠宮さんは廊下の先にある部屋へ案内する。そこは窓が一面のとても明るいリビングだった。

「さすがハイレベルの交際クラブの従業員だな。美しい。髪も自分でできるんだな」

褒《ほ》められたようだが、小さく微笑むだけにした。

色々聞かれたら答えられない。

今、あなたの妻ですと言ったら、急いでいる篠宮さんの心象を悪くするかもしれない。

落ち着いたときに話をしたい。

篠宮さんはチェストの横に私を立たせ、いくつかの箱を開けていく。箱の中身はゴージャスなジュエリーだった。

「これをはめて」

プラチナのマリッジリングと指が隠れそうなほどの大きなルビーの指輪だ。

篠宮さんがルビーとダイヤモンドが連なるネックレスを手にし、私のうしろに回ってネックレスをつける。

鎖骨の辺りが冷たいが、すぐにネックレスは肌になじんでいく。

私は左手の薬指にマリッジリング、右手の中指にルビーの指輪をはめた。中指がピッタリだ。

これらの宝石は本物……？

「こんな――」

「もちろん君にあげるものでない。君は日本にいる妻の代わりだ。一緒にいて時折俺に笑いかけるだけでいい」

篠宮さんの左手の薬指へ視線を走らせると、結婚したときのマリッジリングがはめられていた。

女性避《よ》けにずっとつけていたみたいだ。そうでなければ星さんのような職業の女性を雇わないだろう。

もしかして、女性に興味がない……とか……？

ふいにその考えが浮上して当惑する。

「奥様は日本にいらっしゃるんですね。どうして大事なパーティーに呼び寄せなかったのでしょうか？」

今は十八歳の頃の、篠宮さんの前で話すたびに声を上ずらせていた私ではない。静かな声色で尋ねると、篠宮さんはふっと口元に笑みを浮かべた。

「まだ大学生なんでね」

「まあ、大学生。お年が離れているんですね？」

「妻の話はそれくらいにしよう。コートを着るんだ」

篠宮さんは大きな箱を開けて、中から黒の毛皮のウエストまでのケープコートを取り出し、私の肩に羽織らせる。

「それはフェイクファーだ。出席者に動物愛護団体の者がいるからな」

今日のパーティーの内容を星さんは知らされていたのだろうか？　どんなパーティーなのか聞きたいけれど、ボロを出さないよう今は黙っておこう。

「俺たちは夫婦の設定だ。〝理人〟と呼んでくれ。君のことを〝ワイフ〟または〝乃亜〟と呼ぶ」

篠宮さんの口から星さんの名前が出て内心ドキッとしたが、平静を装い頷《うなず》く。

「奥様のお名前でなくていいのでしょうか？」

「ああ。呼んだときにすぐに反応してくれないのも困るしな。知人たちは妻の名前は知らない」

私が星さんの代わりだとしっかり肝に銘じなければ。

「時間がない。出よう」

篠宮さんは上質な黒のロングコートを羽織り、私を促して玄関に向かった。

十分後、リムジンに乗り込んで止まった場所は、ブロードウェイの一角にある劇場の手前の道路。車に乗るほどの距離でもないが、セレブなら当然なのだろう。

人だかりがすごく、他にもたくさんのリムジンが止まっては美しく着飾った男女を下ろしていく。

プレミアムショーなのかな？

篠宮さんが先に降りて、頭を車内に入れると私に手を差し出した。

「あ……りがとうございます」

つい声が上ずってしまいそうになり、冷静を装って言葉を繋げる。

篠宮さんの手を取って、リムジンからエレガントに見えるように足を揃えて降りる。

驚くことに、劇場の前の二十メートルほどにレッドカーペットが敷かれていた。

黒のサングラスをかけたボディガードもあちこちに配置され、スターを観たいがために待っている人々へ視線を向けている。

篠宮さんのエスコートで劇場へ歩を進める。もちろん見物人は私たちに関心がなく、次に来る有名人を待っている様子。

入り口で立ち止まった彼は、胸ポケットから招待状を出して係の者に見せると、中へ通される。

シャンデリアのあるロビーへ進んだ先には、色とりどりのドレスを纏うゴージャスな女性たちがポーズをとって、マスコミに写真を撮られている。

「……こんなプレミアムショーに招待されるなんて、すごい人脈があるんですね」

こちらへ来る前にニューヨークの諸々を調べたとき、前評判がすごいショーがあったが、それがこのショーだったみたいだ。

「監督は仕事の顧客だ」

ここで頷いたら、職業を知っているのかと疑われそうだ。でも、星さんは彼の職業を聞いていたりする……？

はぁ……わからない。どうすれば……。

そこへ髭《ひげ》を蓄えた白人の男性が両手を広げて近づいてくる。

『リヒト！　よく来てくれた！　おお、こちらがずっと隠し続けていた奥様か』

義父よりも年上のように見受けられる白人男性は篠宮さんをハグして、肩をポンポンと叩《たた》いている。

あ！　いつもヒットを飛ばしているアンダーソン監督だわ！　日本でも有名だ。

篠宮さんも親しげに笑みを浮かべ話をしている。

やっぱりかっこいい……。

見惚《みと》れていると、ふいに篠宮さんが私に目を向けた。視線が合ってドキッと心臓が跳ねる。

『乃亜、アンダーソン監督だ。このショーのプロデューサーでもある』

『はじめまして。素晴らしい作品を観られることをうれしく思います』

英語で話してにっこり笑みを浮かべる。

『こんな美しい女性が奥さんだなんてうらやましいよ、リヒト。このような女性がいるから、女を近づけさせないんだな』

『そんなところです。ああ、呼ばれていますよ』

『おっと、そうだな。もっと話をしていたいが、他の著名人に挨拶《あいさつ》をしなければな。

パーティーで会おう。では奥様、失礼しますよ』

茶目っ気たっぷりに笑ったアンダーソン監督は、別のカップルの元へ向かった。

「行こう」

篠宮さんは私の腰に手を置いて観客席へ歩き出した。

うわぁ……篠宮さんの手が……。

顔に熱が集まってくるのがわかったが、少し照明が赤っぽいので気づかれないはず。

彼は劇場で一番観やすい前寄りのど真ん中の席に私を座らせた。最高の席に驚いたが、顔には出さずに篠宮さんににっこり微笑んだ。

舞台は若いショーガールが最高の地位に成り上がるお話で、主役ははつらつとして美しく、内容が楽しくワクワクしながら夢中になって観覧していた。

舞台と客席の間にオーケストラが入っており、演奏も素晴らしかった。

篠宮さんとは観劇中は一言も交わさなかった。彼がショーを楽しんで観ていたら、邪魔になると考えたのだ。

一幕と二幕の間の休憩時には、ホワイエに移動しスパークリングワインで渇いた喉を潤した。

そのスパークリングワインはとてもおいしく感じた。

ホワイエでは篠宮さんに声をかける人が多く、私は隣で笑みを浮かべ、話しかけられれば愛想よく答えるパターンが出来上がっていた。

舞台はスタンディングオベーションで幕を閉じた。

「二時間半は長いな。疲れただろう?」

観客たちが出口の方へはけていくが、篠宮さんはまだ席に座ったままでいる。

「いいえ、少しも。素敵な舞台で感動しました。出なくていいのですか?」

「隣のボウルルームでのパーティーにも招待されている。観客の四分の一ほどが出席するはずだ」

「……理人さん、妻を同伴させる必要はあったのでしょうか?」

ひとりで出席しても問題はないように思える。

「ああ。君の出番はこの後だ」

だいぶ劇場に残っている人数が減り、篠宮さんはすっくと座席から立ち上がると、私に手を差し出した。

パーティーへ向かう前にレストルームでメイクを直してから、深緑の絨毯が敷かれている廊下へ歩を進める。篠宮さんは突き当たりにあるドアの横に立っていて、スマートフォンを耳に当てて話をしている。

立っているだけで絵になるなんて……本当に素敵。あの人が私の旦那様だなんて嘘《うそ》みたい。

会話中の篠宮さんと視線が合う。じっと見つめられ、心臓がドキドキしてしまう。

そんな素振りを見せないようにして、落ち着き払った動きでゆっくり彼に近づく。

ボウルルームではブッフェスタイルのパーティーが始まっていた。

本日のショーの出演者たちも、舞台衣装のままお客様と会話をしている。

こんな華やかなパーティーには二度と来る機会がないかもしれない。すぐ近くを通る芸能人たちを、スパークリングワインを飲みながら眺《なが》める。

舞台の興奮がまだ冷めやらない。

「乃亜」

ふいに呼ばれて、グイッとウエストを引き寄せられた。端整な顔が寄せられ、鋭さのある瞳に見つめられ、自分の正体がバレやしないかヒヤヒヤしてしまう。

「な、なんでしょうか？」

「パーティーが終わったら食事に連れて行く。ここであまり食べるなよ」

「あ、はい。わかりました」

そこまでが星さんとの契約なのだろう。ふたりになったら事情を話さなくては。

そこで篠宮さんは知り合いに話しかけられ、腰の辺りに置かれていた手はふいに私のむき出しの肩に触れた。

なんとか肩を跳ねさせるのは免《まぬが》れたが、このようなシチューエーションは夢にまで見ていた出来事だ。

夫婦でパーティーに出席することではなく、篠宮さんの腕に触れられることを。

隣で微笑みながら、知り合いと話をしている彼の横にいるのも、これまでの努力のおかげで落ち着いていられる。

手に持っているスパークリングワインはもう三杯目だから、気分が高揚していてふわふわしているのだろうか。

知り合いと談話しているうちに、篠宮さんの手は私の肩からいつの間にか離されていた。

実はさっきから靴擦れに悩まされている。サイズの少し小さいハイヒールのせいだ。

チラッとドレスの裾を持ち上げて踵《かかと》の上を見ると、血が滲んでいた。

ハイヒールが汚れてしまうが、今はどうにもならない。

『リヒト！』

そのとき、篠宮さんを呼ぶ女性の声がした。

近づいて来たのはブロンドの女性で、ロイヤルブルーのスリムなドレスを着ており、周りの男性の視線を独り占めしている華やかな出で立ちの美女だ。

『リヒト！　会えると思っていたわ』

篠宮さんにぶら下がるように抱きつき、綺麗な顔で艶《あで》やかに笑う。

どこかで見たことが……。

笑顔を向ける女性とは反対に、篠宮さんは無表情で体を離す。そして、一歩下がって立つ私へ顔を向けると、笑みを浮かべて腰に腕を回し引き寄せられた。

『乃亜』

その声はベルベッドのような極上の響きで、甘く耳をくすぐった。

篠宮さんは、私のこめかみの辺りに顔を寄せる。

え……？

一瞬、こめかみに触れたのが篠宮さんの唇だと認識するのに遅れた。

今、唇が……。

『サンドラ、妻を紹介しよう。乃亜だ』

『奥様？　リヒト、いつもつけているマリッジリングは嘘だと兄から聞いていたわ』

サンドラと呼ばれた彼女は私にちらりと視線をよこす。

『それはガイが勝手に思い込んでいるだけだ。約四年前に入籍を済ませ、彼女が大学を卒業するのを待っていた。やっとこっちに来てくれたんだ』

劇場で私の役目はこれからだと言っていたが、このことだったのかも。篠宮さんに好き好きオーラ全開のサンドラさんを諦めさせるために。

篠宮さんは妻の大学卒業を待ってと伝えていたけれど、星さんの年齢は私よりもう少し上。東洋人は若く見えるというから、誤魔化せると思ったのかな。

『いい加減、諦めてくれないか？　父親が権力者だとしても既婚者の俺は君と結婚することはできない。それにガイの妹というだけで、君に対してなんの感情もない』

つらつらと流れるような英語で彼女に言うと、サンドラさんは真っ赤に塗られた下唇を噛《か》んで私をブルーの目で睨《にら》みつけてから立ち去った。

「私、あの方をどこかで見たことが……」

「元大統領の一番下の娘だ」

サラッと言ってのける篠宮さんに、呆然となった。

元大統領の娘に好かれていたなんて目を丸くさせてしまう。

この短時間で、何回驚かされたことだろう。

それに先ほどから少し遠巻きに、ワインを飲みながらこちらへ視線を向けてくるブルネットの女性のことも気になっていた。

あの女性も、篠宮さんを好きだとしたら……。

私は重いため息を吐《は》きそうになった。

ニューヨークでどんな女性関係を篠宮さんは築いていたのか。モテすぎる夫に狼狽《うろた》えてしまう。

たしかに篠宮さんは美しい男性だ。何事にも動じない落ち着き払った雰囲気《ふんいき》と、しなやかで鍛えられた体躯、男の色気に溢れ、女性たちの目を惹《ひ》く。

こんな極上の男性に抱かれるのはどんなに素敵なことだろう……。

想像の域がオーバーして、ハッとなる。

私ったら、何を考えているのっ！

篠宮さんに離婚の考えを変えてもらおうと思ってやって来たのだ。

ちゃんと話をしなくては。

迎えのリムジンに乗って訪れたのは、五番街の百年以上歴史を持つ老舗《しにせ》の最高級ホテルだった。

アメリカンアンティークのインテリアで、ドレス姿でも浮かない高級レストランだ。

まるで舞台の続きを見ているような気分になる。

劇場から食事をしに来たのか、他にも着飾った紳士淑女が席に着いていた。

「腹が減っただろう？」

パーティーではカナッペをつまんだくらいなので、スパークリングワイン三杯は自分のキャパシティの限界にきている。

靴擦れも痛かったが、かろうじて足を引かずに歩けていたので、椅子に座って安堵する。

「はい。スパークリングワインでちょっとふわふわしています」

「アルコールに強くなければその仕事はやっていけないだろう？」

指摘されて、素人《しろうと》丸出しだったことに気づく。

「そうなんです。あまり飲まないようにするのが大変で」

取り繕う私に篠宮さんは口元を緩ませて頷く。

ボロをなんとか隠せたようでホッと胸を撫《な》で下ろす。

「あと一杯くらいは大丈夫だろう？　君のおかげで心配事がなくなった。乾杯しよう。

料理は君が好きなものを頼むといい」

「……雇われている身としては、お任せしたいと思います」

「なかなかエデュケーションが行き届いているな」

篠宮さんが片手を上げると、すぐさまウエイターがやって来る。スパークリングワインと、メニューの説明を彼から聞いてオーダーを済ませた。

ふと視線を感じて、斜め先のテーブルへ顔を動かす。

あの女性……。

男性とテーブルに着いているが、あの女性は篠宮さんを遠巻きに見ていた人だ。

「理人さん、サンドラさん以外にも女性に気に入られていますか？」

「何人か誘ってくる女はいるが？」

「斜め左うしろのテーブルにブルネットの綺麗な女性がいるのですが、こちらが気になっている様子で」

篠宮さんは振り返り、顔を私に戻すと苦笑いを浮かべる。

「うちの事務所の弁護士だ」

彼はそれだけ言って、ワインクーラーに入ったスパークリングワインを運んできたソムリエに軽く頷いた。

彼女も篠宮さんが好きなのだと推測できた。

事務所の弁護士なら、話す機会も多々ありそうだから大変そうだ。

篠宮さんの性格だから、ビシッと妻がいることや断りを言っているとは思うけれど、実際一緒にいる場面を見ていなかったはずだから、本当に妻がいるのか彼女は半信半疑だっただろう。

ソムリエは二脚のグラスにスパークリングワインを注ぎ、瓶をワインクーラーの中に戻すと、丁重に頭を下げて去って行った。

篠宮さんは軽くグラスを掲げて口をつけ、私も一口飲む。

うわっ、劇場のものよりもアルコール度数が強い……。

そっとグラスを置いたとき、海老のマリネの前菜が運ばれてきた。

考えてみたら今日初めての食事だ。緊張で一日、食事をとることを忘れていた。

「食べようか」

「とてもおいしそうです。いただきます」

早く口にしたいのを抑えて、ナイフとフォークを手にする。

「さすが高級交際クラブだ。その上品な話し方は本来のものか、仕込まれて学んだものなのか」

「もちろん仕込まれたものです」

ずっとお嬢様学校だったので、「ごきげんよう」などの上品な言葉遣いは身についていたけれど、フィニッシングスクールで学んだことも多い。

探られているわけじゃないよね……？

海老のマリネを食べながら篠宮さんの様子を探るが、彼の表情は読めない。

篠宮さんは仕事の電話を忘れていたと席を立ち、数分で戻って来た。

「中座してすまなかった」

「いいえ……」

日本にいる妻、つまり私のことや彼の職業の話はできない。

私は会話に困り、給仕された牛肉の濃厚な赤ワインソースがかかったメインディッシュを黙々と食べ続ける。

「ずいぶんと、お腹が空いていたようだな」

ふいに聞こえてきた篠宮さんの声に「え？」と、切り分けていたお肉から顔を上げる。すると、彼はおかしそうに笑っている。

「空腹だったみたいだ」

「あ……はい。忙しかったので、食事をするのを忘れていて。マナーに反していましたら申し訳ありません」

「別にマナーには反していない。君を見ていたら妻を思い出したよ」

ドキッと、心臓が跳ねた。

今ここで自分が彩葉だと伝えたら、篠宮さんはどんな反応をする？

もしかしたら、嘘をついていたと怒るかもしれない。そんな考えが頭を過《よ》ぎって、真実を口にするのが怖くなる。

もう少し様子を見てから……。

「奥様は私のように、よく食べる方なんですね？」

「そうだな」

スパークリングワインのグラスに手を伸ばし、嘘をつき続けることを誤魔化すように、ついお酒を口に運んでしまう。

胃の中に食べ物を入れたので、頭がくらくらするほどではない。それを過信して、少なくなったグラスに注がれたスパークリングワインを半分飲み進めた。

篠宮さんもスパークリングワインを喉に通す。その様を見ていた私は、喉仏の動きにドキッと鼓動が跳ねた。

見ないようにしていたのに、篠宮さんの形のいい唇にも意識がいってしまう。あの昼でキスをされたら、あの大きな腕に抱き締められたら……どんな気分だろう。

アルコールのせいで、いつもとは違う自分に困惑するどころか、篠宮さんに抱かれたいなどと不埒《ふらち》なことを考えてしまう。

私は篠宮さんと離婚したくないから、ここにいるのだ。

〝彩葉〟ではなく、〝乃亜〟としてならば、大胆に振る舞えるのではないか。

グラスを空にして、通りすがりのウエイターがスパークリングワインを新たに注ぐ。

「そんなに飲んで大丈夫か？」

「はいっ……。とてもおいしくて」

体が熱くなって酔いがまわってきているが、意識はしっかりしている。

食事が終わる頃には乃亜さんを演じているのが楽しくなっていた。

篠宮さんが私の椅子を引いて立ち上がるが、足元がふらつき彼の腕に手を置いた。

「大丈夫か？　このまま掴《つか》まっていて」

「ふぅ……は、い……」

篠宮さんの腕に手をかけて歩き出す。靴擦れは痛いが、ふわりと香った篠宮さんの香水に意識が向く。

ああ、いい香り……。香水は変えていないのね。

一階のレストランを出たが彼の足はロビーに向かわず、エレベーターに向かった。

「理……人……さん……？」

彼の大きな手のひらが私の頬から首へと滑り、ぞくりと体が震える。彼の顔を見上げると、そのまま唇が塞《ふさ》がれた。

「部屋へ行こう。契約は一夜を過ごすことも含まれているだろう？」

このまま終わらせたくないと思ったことも確かだけれど、そんな契約内容だと知ってショックだった。

「私……」

でも、ここで篠宮さんの元を去ったら？

その後のことが予想できない。

「君と愛しあいたい」

もう一度、食《は》むように唇が甘く重ねられた。

私、星さんのフリをして何をしているの？

ラグジュアリーな部屋に入り、キングサイズのベッドを目にして怖気づきそうになっている。

篠宮さんの指先がネックレスを外す。私も大きすぎるルビーの指輪を指から抜き、彼のタキシードの上着のポケットに入れた。

「ポケットに入れるとは頭がいい」

「高価な、ものなので、失くしたら大変ですから……」

酔った頭で必死に冷静さをかき集めている。

篠宮さんは笑みを浮かべながら上着を脱ぐと、半分に畳んでひとり掛けのソファ椅子の背に無造作に置き、続けてカマーバンドも外して上に放る。

フリルのあるドレスシャツにスラックスだけになった篠宮さんは、さらに官能をかきたてる雰囲気になった。

彼はそのまま部屋のバーカウンターへ行ってグラスに琥珀色の液体を注ぎ、ぼうっと突っ立っている私と目を合わせながら、ゆっくりとした足取りで近づいてくる。

手にはウイスキーなのか、バーボンなのか、お酒の入ったグラスを持っている。

篠宮さんはそのまろやかな琥珀色の液体に口をつけて、私の後頭部に回した手で自分の方に引き寄せた。

ドギマギしているうちに唇が重ねられ、飲んだことのないカラメルを思わせる香りとともに、喉に流し込まれた。

ほんの少しのアルコールなのにカッと胃が熱くなり、体から力が抜けていく。

意識はまっすぐ篠宮さんの唇へ。

「乃亜」

篠宮さんの口から別の女性の名前が出て胸が痛いが、これはチャンスなのだ。

自分から彼の頬へ両手を伸ばし引き寄せて、唇を重ねた。篠宮さんの薄めの唇をそっと食んで吸う。

バージンなのに大胆に振る舞えるのは、きっと他人を装っているから。

そんな自分がおかしくて、小さく微笑みを浮かべる。

「……好きに……して、ください」

「……っ！」

篠宮さんの喉の奥から絞り出すような声が聞こえ、私はピンと張られたシーツの上に押し倒された。

ちゅ、ちゅっと、喉から鎖骨、胸元へ移動していく唇に夢中になった。

気づけばドレスは脱がされ、篠宮さんも身につけていた服がなくなっていて、綺麗に筋肉がついた体に組み敷かれていた。

「好きにしていいんだな？」

ここでやめられたら、体の奥で疼《うず》く熱をどうしたらいいの？

初めての体験は怖いが、目の前の美しい男性は私の〝夫〟だ。

彼に私を見直してほしくてニューヨークまで来たのだ。

愛し合って篠宮さんに満足してもらえたら……。

「……もちろんです。好きにして」

どうしたら男性が気持ち良くなれるのか知識は頭に入れてきたが、自分からそんなことをするのは恥ずかしすぎる。

私の体の隅々まで篠宮さんは蕩《とろ》けるような愛撫を施し、情熱的な営みにただひたすら翻弄《ほんろう》される。

絶頂を迎えるころには、息もできないほどの官能に飲み込まれ、篠宮さんに抱かれることがこの上ない喜びだと知った。

五、ニューヨークの休日

カチャカチャと食器の音が聞こえて眠りから意識が浮上する。

温かいものがふんわりと頬から唇に触れて、ようやく目を開けた。

篠宮《しのみや》さんの顔が間近にあり、一瞬驚いて体をこわばらせる。と同時に、昨夜の出来事を思い出した。

指一本も動かすのが億劫になるほどの激しく情熱的な夜だった。

酔っていたけれど記憶は失われていないので、羞恥《しゅうち》に襲われながら体を起こしたが、布団がずり下がり慌てて引き上げる。

「お、おはようございます」

「おはよう。寝起きなのに綺麗だな」

サラリと褒《ほ》められて頬に熱が集まってくる。

視線を泳がせる私に、篠宮さんはクッと喉の奥で笑う。

「君の職業には似つかわしくない初々《ういうい》しさで、今までよくやって来られたと不思議でならない」

あ……そうだった。今の私は彼女――〝星乃亜《ほしのあ》〟だった。

「布団を引き上げるのもいいが、俺の好みは――」

突然、胸元まで上げていた布団がずり下ろされた。

「きゃっ！」

胸の膨らみが露出して慌てて手で隠そうとすると、篠宮さんは私の髪の毛を両サイドからパサリと前にやる。

「こうやって隠せば絵画のように美しい」

褒められているが、昨夜、何度も彼に抱かれた体だとしても恥ずかしさはなくならず、目と目を合わせられない。

「今まで仕事ができたのは、ずっと……その……こういうことを避《さ》けていたからです。契約を曲げたのは……篠宮さんだからです」

「なるほど。お互いが気に入ったわけだな」

え？　お互いが気に入った……？

当惑していると、篠宮さんの指が私の頬を滑る。

「華奢《きゃしゃ》な体だが、しなやかで柔らかく……美しい。何か運動を？」

「ジムを……週四回入れています」

それは本当のことだ。

篠宮さんは口元に笑みを浮かべて顔を近づけ、唇を重ねる。

「思ったよりも運動が好きみたいだな。それよりも乃亜、君と今日一日、再契約したい」

「え？　再契約を？」

「ああ。そうだ。予定は？」

「予定は……」

あるわけない。けれど、星さんの立場ではあるかもしれない。

でも、篠宮さんと一緒にいたい気持ちが大きくて「今日は日曜日なので大丈夫です」

と答えた。

星さんの腹痛は大丈夫だっただろうか……。

でも、彼女の体調があのとき問題なかったら、今ここにいるのは星さんだったのだ。

そう思った瞬間、胸に痛みが走った。

「食事を終えたら出かけよう。着替えも用意した。パウダールームに置いてある。まずはシャワーを浴びてくるといい」

篠宮さんはベッドの端からすっくと立ち上がり、オープンドアの向こう側へ消えた。

スモーキーブルーのセーターに黒の細身のジーンズを着て、カジュアルなスタイルだった。

着替えを用意したって？

ベッドサイドにある時計へ目を向けると、九時を過ぎていた。

篠宮さんの言う再契約が気になりながら、そばにあったバスローブを急いで身につけてパウダールームへ歩を進めた。

何度も抱かれたせいで足腰が重い。

ふと足首に違和感があって、見下ろした先に医療用の防水テープが貼られていた。

靴擦れしたことがバレていたのね。

眠っているうちに貼られたようだけど、まったく気づかなかったなんて……。

しかもあの部屋に医療用の防水テープなんてあるはずがないのだ。

気遣いをうれしく思いながらバスルームの中にあるシャワーブースに入り、コックを捻《ひね》ればすぐに熱いお湯が肌を滑っていく。

昨晩、このバスルームでも激しく抱かれたことを思い出す。

初体験で破瓜《はか》の痛みがそれほどなかったのは、篠宮さんが経験豊富だったからだろう。三十四歳にもなって女性を知らない方がおかしい。

篠宮さんが私を気に入ったのは、自身を商売にしている女性だから？

契約で後腐れがないようにしたいのだろう。

それがわかっていても、星さんのフリをしている自分が気に入られたのは皮肉なものだ。

玄関で顔を合わせたとき、正直に〝彩葉《いろは》〟だということを話をしていたら、どうなっていただろう。

離婚の話になっていた？　それとも……。

パウダールームに用意されていた服は白のニットとジーンズ。ブラジャーとショーツ、ニューヨークに進出している日本の量販店の極暖の肌着。温かそうな靴下とスニーカーまである。

着てみるとジーンズが少し緩いが問題ない程度で、鏡に映る自分はいつもと同じだ。

髪をドライヤーで乾かし身支度を整えて、篠宮さんの待つリビングへ向かった。

篠宮さんはタブレットで何かを読みながらコーヒーを飲んでいたが、食事はしていなかった。

「お待たせしました。不自由ないように揃えてくださり、ありがとうございます」

あらためて篠宮さんを前にすると、どうにも気まずい。

「気にするな。ほら、朝食を食べよう。飲み物はコーヒー？　紅茶？」

「あ、自分で入れます」

腰を浮かせて紅茶のポットに手を伸ばすと、先に彼が手にしてカップに注ぐ。

「あの、靴擦れのテープもありがとうございました。貼ってもらったことにも気づかなくて」

「靴が少し小さかったようだな。こっちのせいだ」

部屋のどこを見ても、昨晩の名残はない。昨晩のプレミアムショーとパーティーは幻だったのかと、錯覚を起こしそうだ。

粒がたっぷり入ったコーンスープやベーコンエッグ、温野菜を食べ始める。保温されていた料理はどれも温かくておいしい。

「食べ終えたら外へ出よう。行きたいところへ連れて行くから」

まるで私がニューヨークに慣れていないみたいな……ううん。ただ単に行きたいところへと言ったのだ。含みはない……そう思いたい。

「特にどこへとは……でも、普通のカップルのように出掛けられたらと思います」

「ＯＫ。だが、普通のカップルがどこへ出掛けているのかよくわからないな。乃亜の方が知っているのでは？」

篠宮さんのデートは昼間、出歩かないのかも。星さんのような職業の人とディナーのあとに……。

想像が膨らんで胸が痛くなり、すぐさまその考えを頭から追いやる。

そうだ、行きたいところを……。

ニューヨークへ来る前に、時間をかけて調べた観光地を思い出す。

「あ、ハドソンヤードにできたベッセル、ただ上るだけなんですが、おもしろい形状なので行きたいと思っていたのですが、時間がなくて。あとはブルックリンのモダンなショップをのぞいてみたいかも」

「そこは俺も行ったことはないな。では行ってみようか」

偽りの自分なので決まりが悪い思いもあるが、夢にまで見た彼との初めてのデートが楽しみになった。


用意してくれていたこげ茶のダウンコートは、外でもそれほど寒さを感じないほど温かい。極暖の肌着のおかげもあるかもしれない。

篠宮さんも同じブランドの黒のダウンコートを身につけている。

タクシーでハドソンヤードへ向かい、ベッセルの近くで降ろしてもらう。そこから歩いて向かおうとしたとき、私の手が握られた。

「手袋を忘れていた。どこかで買おう」

ベッセルの近くにショッピングモールがあり、そっちの方向を目指そうとする篠宮さんの手を引っ張る。

「こうしているので、手袋は必要ないです」

握られた手を上げて見せると、篠宮さんはふっと笑みを浮かべる。

「そんな笑顔と仕草を見せられたら、男はいちころだな」

商売女の男を惹きつける技だと思われたみたいで、内心ショックを受けた。

素《す》の私だったのに……。


ベッセルは当日予約で入れた。若者たちに人気のスポットだと聞いていたが、この寒さで人出が少ないおかげだ。

体験型のパブリックアートの建物で、二千五百もの段数があり、百五十四個のモジュールから作られていて、内部は蜂の巣のようになっている。

昨夜の情事で腰と足にだるさはあったが、エレベーターを使わずに上まで足を運び、下を覗《のぞ》き込む。変わった形状にくらくらしてきて、自分が高所恐怖症だったことを思い出す。すぐさま柵から顔を引っ込めた。

篠宮さんも普段から運動をしているのだろう。なんなく上りきり平然としている。

手を繋ぎながら階段を下り、再びタクシーを拾って、今度はブルックリンへ向かった。

ベッドフォード地区で雑貨ショップなどを見たり、大きなハンバーガーを食べたり、カフェで一休みしたりと、気づけば外は暗くなっていた。

篠宮さんも私もベラベラ話をするタイプではない。会話は少なかったけれど、それが気詰まりではなく一緒にいて心地よかった。

十八時過ぎ、彼のレジデンスの部屋に戻って来た。

今日一日、自分が篠宮さんの妻なのだと言おうと機会を狙っていたけれど、勇気が出なかった。

まだしばらくの間はニューヨークにいるのだから、後日、電話をかけてアポイントを取り、あらためて話をしよう。

ブルックリンで買ってもらったモダンアートのパネルの入ったショッパーバッグに、ここへ来る前に着ていた服などを入れて、コートは手に持ちパウダールームを離れようとした。そこへ篠宮さんが姿を見せた。

「まさか、もう帰るつもりなのか？」

篠宮さんはどういうつもりだと思っていたのだろう？

「はい……これで失礼──んんっ」

篠宮さんの腕が伸びてきて、ぐいっと引き寄せられる、そのまま荒々しく私の唇を塞ぎ、持っていたバッグと荷物がドサッと床に落ちた。

「契約は明日の朝までだ」

篠宮さんは私を抱き上げると、パウダールームを出て寝室に連れて行く。

彼の性的欲求を満たせるのはうれしい。

けれど、妻がいるのにこんなことをするのは浮気ではないだろうか？

事情が複雑だけれど、篠宮さんは私を星さんだと思っている。

だから、これは彼の〝浮気〟だ。

熱い唇と舌が口腔内を蹂躙《じゅうりん》し、大きな手が私の体を弄《まさぐ》り官能を引き出し始めると、ぐずぐず考えている余裕はすぐになくなる。

篠宮さんに翻弄され続ける一夜が再び始まった。

チェックインしてから、ほとんど滞在していないホテルの部屋に戻ってきた。

熱い夜を過ごした翌朝、篠宮さんは出勤する前に、私をレジデンス下にあるホテルのレストランへ連れて行き、朝食を食べてから別れた。

荷物をソファの上に置いて、コーヒーを淹れに行く。

また次の約束をしてきてしまった……。

今夜会おうと言われたけれど、さすがに続けては……と思い、予定があると言って明日にしてもらった。

朝食の席で、今回の報酬だと封筒を渡された。

当惑したが、星さんなら受け取るだろう。

「ありがとうございます」とお礼を言って、バッグにしまった。

コーヒーマシンからカップの取っ手をつまんで、ぼんやりソファテーブルに運ぶが、置くときに揺らしてしまい指に熱いコーヒーがかかる。

「熱っ……」

バッグからティッシュを出して指を拭いて、「はぁ～」と重いため息が漏《も》れる。

事実を篠宮さんに話すのが怖い。

あ！　星さんに彼から連絡があると、つじつまが合わなくなる。

バッグの中身をひっくり返して、星さんのビジネスカードを探す。それと同時に、篠宮さんから渡された封筒も出てきて、中身を取り出しギョッとなる。

受け取ったとき分厚いとは思ったけれど、数えてみると百ドル札が五十枚、五千ドル入っていた。日本円で換算すると六十万円近い。

こんなに……？　星さんの職業って、こんなに高いの？

困惑しながら、星さんのビジネスカードを拾う。

現在の時刻は八時三十分を回ったところで、電話をかけるのには早すぎる時間だと考え、もう少し経ってからかけることにする。

コーヒーをひと口飲んで、散らばったバッグの中身をしまった。

しばらく経ってからスマートフォンを手にして、星さんの番号をタップした。七回ほど鳴らしたのち、英語で《こんにちは》と女性の声がした。

「あの、土曜日にレジデンスで会った、腹痛で――」

《ああ！　あのときはありがとうございました。お客様からクレームもなくホッとしました》

元気な声を聞いて、ホッと胸を撫《な》で下ろす。

「病状はいかがですか？」

《ひと晩点滴をして腹痛もなくなったので、今はもう大丈夫です》

「お話があって、お会いしたいのですが」

《では、お礼にランチをご馳走させて。今日はどうかしら？》

早く会えるのは願ったり叶《かな》ったりだ。

私たちはミッドタウンの飲茶のお店で十一時に待ち合わせをした。

スマートフォンで飲茶レストランを調べると、気軽なお店のようだ。ドレスコードは特になく、ブラウンのセーターとジーンズにした。

髪をうしろでひとつに結び、待ち合わせ時間に合わせて部屋をあとにした。

飲茶店は香港が本店となるレストランで、到着して星さんの名前を告げるとすぐにテーブルに案内された。

壁側の四人掛けのテーブルに座っていた星さんが、笑みを浮かべながら立ち上がる。

やはりとても華があって綺麗な人だ。

「先日は、窮地《きゅうち》を助けてくださり、ありがとうございました」

星さんは頭を下げて、もう一度感謝の言葉を私に伝える。

「どうぞ座って」

対面の席を示されて、私は腰を下ろした。

ウェイターがすぐにオーダーを取りに来たので、星さんのおすすめ料理をお願いした。

「篠宮様の対応が、大変でなかったらよかったのですが……」

「そのこともあって、お電話したんです。先にこれを」

篠宮さんから渡された報酬の入った封筒をテーブルに上にのせて彼女に渡す。

「……これは？」

「今回の報酬です」

「私が行けないことを、伝えるだけでは済まなかったのですか？」

星さんは涼しげな目を見開き、驚いた表情を浮かべる。

「実は事情があって。星さんが篠宮さんの同伴者だと知ってびっくりしました」

「事情？」

「私は……篠宮さんの妻なんです」

星さんは絶句した。

大学生のときに入籍し、それからずっと会っていなかったことなど、できる範囲で星さんに話をした。

「まあ……本当にドラマみたいなことがあるのね。私とレジデンスの下で出会ったのは、なんだか運命的なものを感じるわ。でも、これはいただけない」

「いいえ。受け取ってください」

封筒を戻そうとする星さんの手を押し返す。

「篠宮さんに初めて出会ったとき、私は太っていました。そして、篠宮さんに恋をしてダイエットをしたんです。そんな私を認めてもらいたかったのですが、実際会ってみると……彼は私だとわからず星さんだと思ってしまったみたいで」

「ダイエット頑張ったのね」

「はい。パーティードレスがピッタリで良かったです」

素敵なあのドレスはどうなったのだろうか。

「だけど、この報酬は多すぎるわ。契約はパーティーに出席だけで千ドルよ」

「え？　パーティーに出席だけ……？」

篠宮さんは一夜を過ごすことも契約のうちだと言っていたのに。

私を気に入ったというのは本当なのかもしれない……。

それにしても、パーティーに同伴だけの時間で、日本円にして十万円を超える金額。

この世界のことはまったくわからないけれど、星さんはもしや売れっ子……？

「その様子では篠宮様と寝た？　あの方の魅力に抗えなかったのね？」

「あの方の魅力って、星さんは篠宮さんを知っているんですか？」

「篠宮様は日本人ながら、このニューヨークで大成功を収めている敏腕国際弁護士で投資家でもあるわ。彼のことは頻繁に新聞や有名な情報誌にも掲載されることが多いの。あ、篠宮様は私を知らないわ。会社に予約が合ってびっくりしたほどだもの」

そこへ飲茶の海老や翡翠餃子、ちまき、牛肉の炒め物などが運ばれてきた。

「熱いうちに食べましょう」

「はい」

私たちはジャスミン茶を飲みながら、料理に箸をつける。

「篠宮さんから、翌日も一日契約したいと言われたんです」

「あら、よほど彩葉さんが気に入ったのね」

星さんの瞳が楽しげに煌《きら》めくが、私は首を左右に振る。

「それはわかりません。気持ちが複雑なんです。篠宮さんは私を妻だと知らず、星さんだと思ってその、エッチをしている。それって、浮気ですよね？」

「え……っと、そうね」

「でも、私は篠宮さんと離婚したくなくて会いに来たので、誘われたら拒むなんて頭になくて……」

「いい男だもの。誘われたら、私でも絶対に拒まないわ。でも、この額はやっぱり多すぎるわ」

星さんはバッグの上にポンと置いていた封筒を出して、十枚数えて抜き取る。

「これだけありがたく受け取らせて」

残りが入った封筒を私の横に置いた。

「星さん……、失礼ですが、その会員制の交際クラブでお仕事をしているってことは、困っているのではないですか？」

「ふふっ、そうね。困っているのかしら？　ニューヨークは家賃が高いから。でも、今の仕事で十分生活はできているの。利用されるお客様は篠宮様のような紳士的な男性ばかりだから、チップも信じられないくらいもらえるしね。だから、辞められないの。ほら、しまって」

とりあえず封筒をバッグの中にしまった。

「彩葉さんの旦那様が篠宮様だなんて、本当にうらやましいわ。彼の同伴を楽しみにしていたのに。まあ、これも縁がなかったのね」

星さんがそう言って、バッグの方に注意を向ける。

音が鳴っているのはスマートフォンからのようだ。彼女はスマートフォンを出して一瞬動きが止まる。

「篠宮様だわ。私が出たら別人だと思われるわね」

星さんからスマートフォンを差し出されて、なんの用なのか心臓を暴れさせながら、通話をタップした。

「もしもし？」

《俺だ。明日の待ち合わせ場所を言っていなかっただろう？》

「はい。どちらに伺えばいいですか？」

驚くことに、篠宮さんは私が泊まっているホテルの名を告げた。

移動に時間はかからないが、宿泊していることがバレないようにしなければ……。

「わかりました。十九時にロビーで」

《そこのフレンチは定評がある。じゃあ》

「はい。失礼いたします」

丁寧に言って通話を切り、ほーっと吐息を漏らして、スマートフォンを星さんに返す。

「ありがとうございました」

まるでビジネスの用件を話しているみたいな声色だった。

「早く話さなければいけませんよね……」

宿泊していることがバレないように考えている時点で、まだ告白する気持ちになれていない。

篠宮さんの反応が怖い。騙されていたと知ったら……。

「タイミングが悪いときだと取り返しがつかなくなるかもしれないわ。愛情と憎しみは紙一重よ」

星さんの言葉は一理あって、さらに慎重にならなければと思う。

「彩葉さんの電話番号を教えてくれる？　篠宮様からかかってきたら出ずに、あなたに知らせるわ」

「お願いします。スマートフォンをもう一度貸してください」

開いたスマートフォンの電話帳機能を開いて、自分の電話番号を登録して返す。

「私が事を複雑にさせてしまったのなら、ごめんなさい」

「星さんのせいではないです。私が開口一番にちゃんと話をしていれば済んでいたことです」

「応援しているわ。頑張ってね」

「ありがとうございます」

笑顔で頭を下げる。

「このことが済んで、結婚を続けることになったら、ここで生活をするのよね？　そうなったらうれしいわ。お友達になりましょうよ」

「はい。私こそよろしくお願いします」

「あ、お茶のおかわりをもらいましょうね」

星さんは店員を呼んでジャスミン茶をポットでもらった。


翌日はホテルのジムで運動をして、贅沢《ぜいたく》だけどエステサロンで全身を磨いてもらう。

少しでも綺麗だと、彼に思ってほしい。

その想いで丁寧にメイクを施して、日本から持ってきた前身ごろにレースが施された黒のワンピースを着た。ホルターネックは首の後ろでリボンを結び、肩を出しているが、手首までふんわりとシフォンの袖がある。スカート部分はそれほど広がりはなくミモレ丈だ。

ホルターネックなので、髪をアップにしてリボンの垂れる背中をスッキリ見せた。

鏡で支度を確認するが、自信のない表情を見て、これではダメだと自分に活を入れた。

約束の十五分前に部屋を出てロビーに下りる。早めに出たのは、ここに泊まっていると知られたくないから。

コートを手に持ち、ロビーにあるソファに座って篠宮さんを待つ。

ドキドキと鼓動が早鐘を打っている。

緊張と不安、そして彼への愛から、私の心臓が壊れそうなくらい暴れているのだ。

篠宮さんに会うのは一日ぶりになる。どんな顔をして会えばいいのか、考えあぐねていると、目の前に誰かが立った。

「篠――」

そこにいたのは篠宮さんではなく、ブロンドのカジュアルなスーツを着た男性だった。二十代後半くらいか。

『信じられない！　君は女神のようだ。私と食事に行きませんか？　あなたはとても美しく素晴らしい！』

英語で熱心に誘う男性は私の隣に座る。そして有無を言わさず、強引に私の手を握り、『運命の人に出会ってしまった。私と結婚してください』と、プロポーズされる。

え？　頭がおかしいの？

恐怖に襲われ、体を震わせながら首を左右に振る。握られた手を無理やり離して、立ち上がった。

そのとき、私の腰に腕を回す手があった。ハッとなって手の持ち主を見上げると、篠宮さんだった。

上質な黒のロングコートを着ている彼は険《けわ》しい表情で、ブロンドの男性を見据《みす》える。

『出会うのが遅かったな。この美しい女性は俺のものだ』

きっぱり言い放つ篠宮さんに、ブロンドの男性は『それは残念……』と、ひょいっと肩をすくめ去って行く。

「大丈夫か？」

こんなとき星さんなら、平然としているだろう。

震える手に気づかれないよう願いながら、私はなんでもないようことのように頷く。

「問題ないです。あなたが現れなかったら、今日は先約があるのでダメですとお断りしていました」

「先約がなかったら、ついて行ったのか？」

篠宮さんの癇《かん》に障《さわ》ってしまったのだろうか、ムッとした口調に困惑する。

「……お仕事ですから」

「わかった。それならば気のすむまで君を独占したい」

「え？」

意味が分からず、キョトンとなる。

「そうだな。二月いっぱい君は俺と専属の契約をする。明日から俺の家にいてくれ」

「そんな……」

とんでもない提案に唖然とするが、でも彼のそばにいられるチャンスでもある。

毎日篠宮さんの顔が見られるということだ。

二月いっぱいなら、あと二十日間。

「他の仕事はキャンセルするように。さあ、食事に行こう」

がっちりと掴まれた手を引かれて、二階へ続く重厚な大理石の階段を上がる。その先にフレンチレストランがある。

レストランの入り口で篠宮さんを見た途端、表情を崩して挨拶をする案内係だ。

アメリカはチップの国だから、テーブルに案内されると挨拶する案内係にさりげなく渡している。それはとてもスマートで、チップを渡したのかわからないくらいだ。

篠宮さんはニューヨークが似合っている。

日本に戻りたくないのもあって、私と結婚したのだ。義父はそれとなく孫を期待している言葉を会ったときに口にしていた。

椅子に座ってすぐソムリエが現れて、篠宮さんと話をして去って行く。

「篠宮さん、先ほどのお話ですが、本当に二月いっぱい専属契約をするんですか？」

「そうだ」

まっすぐ見つめられると、頬が熱くなってくる。

「篠宮さんのお宅に住むなんて、会って間もない私を信用していいのですか？」

「何度も淫らなセックスしただろう？」

「し、しましたけど、それは答えになっていません」

「俺の家で長い時間過ごした。何かを盗もうと思えば、とっくにやっているさ」

「何も盗めなかったから、また会っているのかもしれませんよ？」

なぜ、泥棒の話なんてしているの？　私がふった話だけど……。

「おもしろい。しかし、家には素人じゃ開けられない金庫もあるし、高額なものは銀行へ預けている。だから君が家にいてもまったく気にしない。それどころか外であんな風に男にプロポーズされているのを見る方が胸糞悪い」

「それは嫉妬……でしょうか？」

まさかねと思いながらも、かすかに期待している自分がいる。

篠宮さんは星さんの仕事が心配で、一カ月間も契約するのか。私という星さんを気に入ってくれて、声をかける男に嫉妬をしているのか。

彼は一瞬間をおいたあと、ふっと笑みを漏らす。

「……そうだ。嫉妬だ。俺は君を独占したいんだ。他の男の目に触れないところに囲いたいくらいに」

嫉妬していると認めた篠宮さんに、私の胸が高鳴る。

「では、契約しましょう」

「そうしてくれ。報酬は君次第で色がつく」

色がつく？

篠宮さんの言っている意味がわからないが、こういうときは笑みを浮かべるのだろうと考え、小さく微笑む。

そこへ先ほどのソムリエが、スパークリングワインの瓶とワインクーラーをワゴンに乗せて運んできた。

慣れた作業で栓をポンと抜き、私たちのグラスに注いでいくと、恭しく頭を下げて去って行く。

スパークリングワインを飲み始めて程なくして、前菜が置かれる。鴨肉と野菜の前菜のお皿は抽象絵画のようなタッチで、ソースがかけられていて美しい。

他の料理も絶品で、篠宮さんのレストランの選び方に舌を巻いている。

東京も含めて、今まで連れて行ってもらったところは、すべて非の打ちどころがなく極上の味ばかりだった。

定評どおりとてもおいしいフレンチで、デザートまで堪能して、レストランをあとにした。

ホテルの裏口を出て少し行くと篠宮さんのレジデンスがある。こちらはホテル側の入り口だが、廊下を突っ切ってレジデンスとの境の重いドアをカードで開けると、エレベーターホールだった。

これから起こることに胸が暴れ始めている。

食事のあとに自分の部屋へ連れて行くのだから、そういうことよね?

恋愛経験がないから勝手な憶測だけれど……。

篠宮さんにキスされると体の芯が熱くなって、疼いて、触れてほしくなる。

瞬く間に、幸せに満たされていくのだ。

リビングに入ってすぐコートを脱ぐ。

外は極寒だが、建物全体にセントラルヒーティングが動いており、窓の手前から暖房が入っているので、薄着でも暖かい。

コートをソファの背にかけて、ふと横を向いた先に篠宮さんが立っていて目と目が合う。

じっと見つめられていたみたいで、急激に恥ずかしくなって目を泳がせる。

「清楚に見えるが、君は可愛い小悪魔みたいだな」

「え？　それはワンピースのせいかと……」

「いや、俺を弄《もてあそ》んでいるだろう？」

二歩ほどで目の前に立った篠宮さんは、私の顎に指をかけてクイッと上を向かせた。

「でも……それでもいいから契約をしたのでは……？」

男女の駆け引きはわからないが篠宮さんは会話を楽しんでいるみたいで、私は〝乃亜〟の役を演じるしかない。

篠宮さんは口角を上げたのち、ゆっくりと顔を落とす。

唇にキスされると思ったのだが、彼の唇は頬を掠《かす》めて耳朶を食《は》む。

「わかるだろう？　君に夢中だ」

バリトンボイスで誘惑するように囁《ささや》かれて、腰の辺りに電流が走る。甘い痺れに足の力が抜けていく。

「……どうしたい？」

飴玉をしゃぶるように耳朶が舐《ねぶ》られて、呼吸を乱されるけど、星さんなら……。

「……抱いて……ください」

篠宮さんの動きがピクッとして止まり、至近距離で私の目を注視する。

びっくりしている……？

私のチョイスは間違っていた？

すると、篠宮さんは美麗な顔を緩ませて「もちろんだ」と口にし、私の腕を自分の首へ掛けさせ、お姫さま抱っこをされた。

六、短期間契約は蜜の味

翌日の午後、篠宮《しのみや》さんのレジデンスのラグジュアリーなソファに座って、寒々しいセントラルパークを眺《なが》めていた。

先ほど滞在ホテルへ赴《おもむ》き、キャリーケースに荷物を詰めてチェックアウトし戻って来たところだ。パスポートは見つからないように、服の中に入れてある。

篠宮さんは朝、下のホテルからルームサービスを取って、朝食を済ませてから出勤した。

キッチンは最小限のキッチン用品があるものの、一度も使ったことがないみたいにピカピカだ。

ソファの上で膝を抱え、重い溜息を漏《も》らす。

また事を複雑にしてしまった……。

一緒に生活をしている間に、星《ほし》さんのフリをしている私に篠宮さんが飽きたら、成り行きを説明しても離婚が決定してしまうだろう。

だから、今は私という人間を気に入っただけではなく、どんなことがあっても〝愛している〟に成り変わってもらえるよう努力をしなくては。

それでも頭の片隅に、篠宮さんがしていることは〝浮気〟だという事実がのしかかる。

結婚を続行したとしても、こうして女性と遊ぶかもしれない。

そう考えると、心が重い。

うーっ……下腹部が重い……あ、もしかして月のものが……。

体調に気をつけながら痩せたが、生理は現在も不順のままで、突然やってくる。

こんなときに……。

愛してもらえるようにならなくちゃダメなのに、生理になったら契約は……？

不安は篠宮さんが帰宅する前に的中した。

下腹部が生理痛で立っていられなくて、横になっていても貧血のような症状で目を閉じている。

二十時過ぎ、玄関が開く音がして体を起こしてソファから立ち上がる。

リビングに姿を現した篠宮さんはいつものように色気がある。女性たちが誘って来るのも無理はない。

「おかえりなさいませ」

「ただいま。腹が減っただろう？　下のホテルで食べるか」

「それが……」

「どうした？　顔色が……、体調が悪いのか？」

突っ立っている私に向かって足早に近づいて来た篠宮さんは、手のひらをおでこに当てる。

「熱はなさそうだが、つらそうだな。横になるんだ」

体を支えられて、今までいたソファに横にさせられる。

「すみません。あの、せ……生理に……」

優しい眼差《まなざ》しを向けられて困惑する。

この状態にイラ立たせてしまうかと思っていたのだ。これでは契約した意味がないと。

「なるほど。重い方なのか？」

「はい。二日もあれば軽くなります。じつは貧血もあって……」

「食事は何が食べられる？　さっぱりしたもののほうがいいか。お粥がいいか？　いや、貧血ならレバーとかがいいのか？」

献身的な篠宮さんにポカンと口が開く。

「どうした？」

「……優しいので」

正直に言うと、篠宮さんは片方の眉を器用に上げてニヤリと笑う。

「心外だな。当たり前だ。食事はどうしたい？」

「では、お粥をお願いします」

「わかった。目を閉じて休んでいろよ」

篠宮さんは一度ベッドルームに引っ込んでから、毛布を持って戻ってきて私の体にかけてくれる。

それから夕食を下のホテルに頼み、シャワーを浴びに行った。

四十分後、ウトウトしかけていたとき、食事が運ばれてきた。

とろとろになった卵粥はおいしそうで、ほうれん草のバターソテーもある。

篠宮さんはボリュームのあるクラブハウスサンドだ。元気なときだったら食べたいと思った。

テーブルに着いて、熱々の卵粥を口にする。

「ホッとする味で、おいしいです」

「ホテルに日本人シェフがいるんだ。和食が食べたければいつでも頼んでやる」

篠宮さんはカットされたクラブハウスサンドにかぶりつく。

シャワーを浴びた彼の黒髪が少しまだ湿っていて、ルームウエアから覗《のぞ》く鎖骨に目が惹《ひ》きつけられるが、無理やり視線を外す。

少しして、篠宮さんは食事を終えた私をベッドへ連れて行き寝かせる。

「俺は少し仕事がある。先に寝ていていいから」

「ありがとうございます」

「おやすみ」

「おやすみなさい」

篠宮さんはベッドサイドのライトを薄暗くして寝室を出て行った。

優しすぎて……胸が痛い……。

体調が良くなったのは土曜日で、篠宮さんの休日に動けるようになって胸を撫《な》で下ろす。

この三日間、朝目を覚ますと、彼の腕の中で眠っていた。

平日の篠宮さんはとても忙しいみたいで、帰宅してからも書斎に入って仕事をしている。

なので、生理痛が軽くなった昨晩も、私は先にベッドに入った。

出会ってすぐの私を抱きしめて眠るくらいなのだから、女性を切らしたことがないのでは？

このベッドで何人もの女性と寝たのだろう……。

暗い気持ちになってしまいそうで、大きく息を吸って気持ちを切り替える。

いつものようにホテルから朝食が運ばれ、アメリカンブレックファーストをいただいている。

食材を買ってくれば料理はできるが、手料理を嫌う人なのかもしれないと思うと提案できない。

「よかった、今日は体調がよさそうだな。どこか出かけるか？」

「いいんですか？」

コーヒーを飲んで、カップを置いてから尋ねる。

「どうして？」

「敏腕国際弁護士はお忙しいのではないかと思ったので」

そう言うと、篠宮さんは肩をすくめてフッと笑う。

「土日くらい休ませてくれ」

「では、どこへ行きましょうか？」

あくまでも今の私はニューヨーカーで、観光地へ行きたいなどと口が滑らないように尋ねる。

「君は絵が好きなようだったから、美術館へでも行こうか」

ブルックリンで熱心に無名の人が描いた絵を見て、それを彼が購入してくれたことを思い出す。

まだ一週間前のことだ。

「はい。どこへでも」

今回、メトロポリタン美術館やニューヨーク近代美術館を訪れたいと思っていたので、内心うれしい。

朝食が済んで、出掛ける支度をする。ふたりともカジュアルなセーターとジーンズ姿で、温かいダウンコートを着た。

セントラルパークを通って行くことになり、雪が降り出しそうなくらい寒いが、パーク内に設置されたたくさんの銅像などを見ながら時間をかけてメトロポリタン美術館へ向かった。

翌日はアメリカ自然史博物館を訪れた。

場所はセントラルパークのすぐ近くで、メトロポリタン美術館の反対側アッパーウエストサイドにある。

アメリカ自然史博物館は映画でも出てくるので親しみやすく、親子連れが多く、子供たちもたくさん観に来ていた。

まだ体が本調子ではないので夕食は外食せずにルームサービスで済ませ、食後、篠宮さんは仕事をしていた。

平日、篠宮さんはオフィスへ行き、私は彼がいない間、退屈しのぎに街へ出掛けていた。

ホテルのレストランやルームサービスで夕食を食べているときに、一日何をしていたかを篠宮さんに話す。

地下鉄に乗って観光地へ行っていたとは言えない。

「デパートをぶらついていました」

「その割には買ったものがないな？　ああ、そうか」

ふいに篠宮さんは中座すると、書斎へ入りすぐに戻って来て、テーブルの上に百ドル札を置いた。

何枚あるのかわからないが、ギョッとなって椅子に座った彼を見遣《みや》る。

「お金はあります」

最初に渡された報酬も、星さんが十枚取ったあとは手をつけていない。

「ほしいものを買えばいい。君は俺に買われているんだ。気兼ねなく使えばいい」

今ほしいのは、篠宮さんの愛だ。

でも今の言動から、まだ彼の意識には私を買った思いがあるのだと、悲しくなった。

「……わかりました。ありがとうございます」

急に泣きたいほどの思いが押し寄せて、急いでお礼を言うと、目の前のローストビーフを口に入れた。

夜の関係は、篠宮さんの食後の仕事で左右され、ひとりで先に眠ることもあれば、リビングで寛《くつろ》いでいるうちに甘く唇を塞《ふさ》がれ、戯《たわむ》れて、バスルームやベッドで翻弄《ほんろう》されることもあり……。

結婚生活が続いたなら、こんなに充実した毎日が送れるのだろうか。

篠宮さんといられる残りの契約は一週間。

大学の卒業式に出席するつもりだったが、このまま残って、篠宮さんのそばにいたい気持ちに襲われる。

契約が終わるまでに、彼の心を虜《とりこ》にできるのか不安だ。

月曜日、篠宮さんが出社してハウスキーパーが掃除に来るので、私はその時間を見計らって外へ出た。

今日は五番街へ行き、自分のクレジットカードで何か買おうと思っている。

彼のお金を使っていると見せかけるカムフラージュだ。

篠宮さんのお金は使わない。この結果がどうであれ、渡された報酬は置いていくと決めている。

私は買われて……篠宮さんに体を差し出しているわけではないから。

日本で恋をしてから、ニューヨークでさらに篠宮さんを愛してしまった。

浮気をしているひどい男に。

セントラルパークに入り動物園を通り過ぎたとき、ポケットの電話が鳴った。

星さんだ。

「彩葉《いろは》です」

《おはようございます。あれからどうしたかなって思って。予定がなかったら会わない？》

「はい、大丈夫です。あ、今セントラルパークを歩いていて」

《メトロポリタン美術館は知ってる？　そこへ向かう途中に好きなカフェがあるの。今、ユニオンスクエアにいるから私も急いで行くわ》

星さんは日本にも支店がいくつもある、パリに本店を置くカフェの名前を言って電話を切った。

マカロンが有名で、ダイエットをする前までは銀座の店舗に好んで出掛けていたカフェだ。

セントラルパークから通りに出ると、馬車が目の前を過ぎ去っていく。

季節が春から夏にかけてだったら、乗りたかったな。

もちろん隣に座るのは篠宮さんだ。でも、彼はもしかしたら嫌がるかもしれない。

目的のカフェが目に入り、通りを渡って店舗へ歩を進めた。

私が先に到着し、店員に友人が後から来る旨を告げると、テーブルに案内される。

店内の入り口近くにある、パステルカラーのマカロンがショーケースに入っているのを横目に、店員のあとをついて行く。

内装はヨーロッパのアンティーク調で、テーブル数は少なく、こぢんまりしたカフェだ。まだ早い時間なので、一組の女性が楽しそうに話をしている。

マカロン食べちゃおうかな。

篠宮さんの部屋に泊まってからジムで体を動かしていないので、体重が気になるところだが。あのレジデンスにもジムは併設されているが、ホテルの利用客とも違うので使いづらい。

「彩葉さん」

白のフェイクファーのショートコートにスリムジーンズと黒のロングブーツ姿の星さんが、にっこり笑って前の席に座る。

「おはようございます、星さん」

私も星さんに笑顔を向ける。

「彩葉さんの顔が明るく見えるわ。何かいいことがあったのかしら？　お客様商売だから顔色を見るのが得意なの」

それは今が幸せだからだろう。この先を考えると胸が苦しくなるのだが。

先にカフェオレとレモンとバニラのマカロンをオーダーする。星さんはピスタチオとストロベリーのマカロンと紅茶を頼んだ。

「あの翌日、篠宮様とディナーをしたのでしょう？　それからどうなったの？」

「……今、篠宮さんの自宅に泊まっているんです。二月いっぱいの契約で」

星さんは目を見開いて驚いている。

「篠宮様は昼間はオフィスよね？」

「ええ……それが……？」

「出会ったばかりで自宅に住まわせるなんて、びっくりしたわ。うちのクラブではそういった関係はしないことになっているから。それに彼はあなたの正体を知らないのよね。そうなると、知り合ったばかりだし。彩葉さんは彼の自宅でひとりなんでしょう？」

星さんの会社は同伴が目的だけで、体の関係はないってこと……？

「篠宮様は相当、彩葉さんを信用しているってことね」

「それは、私も聞いてみたんです。そうしたら、素人《しろうと》じゃ開けられない金庫もあるし、高額なものは銀行へ預けていて、だから私がいても気にしないと言われました」

「さすが、セレブ弁護士は違うわね」

感心したように頷く星さんに、私は首を傾《かし》げる。

「篠宮さんがセレブ弁護士、ですか？」

「そうよ。うちの顧客には超セレブのお客様が大勢いらっしゃるけど、どの方も篠宮様の法律事務所と契約をしたがっていると聞いているわ。しかもあのレジデンスの所有者たちは、プライベートジェットを持っているようなクラスの人たちなの」

店員がマカロンと飲み物を持って来た。

篠宮さんがお金持ちなことはなんとなくわかっていたけれど、まさかそこまでの人だとは思わなかった。

「信用されているのでしょうか……」

「それしか考えられないわ。愛は深まっている感じ？」

即座に頭を左右に振り、口から小さなため息がこぼれる。

「わかりません。篠宮さんはいつだって優しいですが、それは〝妻〟である私に対してのものじゃありません。だけど、私の方は日に日に愛は深まっていくんです」

言い寄ってくる男性には嫉妬心むき出しだったが、あれ以降は専属契約を結んでいるから、仕事をされる心配がなくなって安心しているのかもしれない。

「あと一週間で契約が終わるんです。私は三月三日に大学の卒業式があるので、それに合わせて帰国する予定なんですが、まだ篠宮さんに話をする勇気が出なくて……」

「そこまでして自宅に泊まらせているのだから、ずいぶん彩葉さんに熱心になっていると思うけど」

「嘘《うそ》をついていたことがネックになっているんです。職業柄、許せないかもしれません」

「おふたりが一緒にいるところを目にしたわけじゃないから、なんとも言えないけれど、彩葉さんはとても綺麗よ。ねえ？　嫉妬させてみたら？」

「そ、そんなことできないです……。私、男性とお付き合いしたことがなかったので、スキルが足りません」

星さんは「ぷっ」と、噴き出して顔を緩ませる。

「こんなに可愛い人に思われているのだから、告白しても大丈夫だと思うけど……」

そこへ星さんのスマートフォンが着信を知らせ、彼女は私に断って出ると、流暢な英語を話し始める。

仕事の話をしているようだ。

通話を切った星さんはこれから人と会うことになってしまったと私に謝り「また会いましょうね」と言って、レジに寄って帰って行った。

支払いは任せてと言われてしまい、ご馳走になってしまった。

五番街のブランド店を見て回り、篠宮さんに絶対に似合う黒のマフラーを見つけた。ビジネスにもカジュアルにも使えそうで、即決だった。

お揃いのものが急にほしくなって、色違いでブラウンのマフラーを自分用に購入した。

デパートへ赴《おもむ》き、女性物のアパレルが連なる廊下を歩いていると、次のディナーに着たくなったラベンダー色の素敵《すてき》なパンツスーツを見つけた。

サテン素材の柔らかいジャケットは女性らしい仕立てで、ウエストの横で共布の大きめのリボンで結ぶデザインだ。パンツはゆったりとしている。

買い物を終わらせて近くのホテルからタクシーに乗って、レジデンスに戻った。

時刻は十五時過ぎ。

ソファに座ってスマートフォンを開くと、凪子《なぎこ》からメッセージが届いていることに気づく。

五時間ほど前なので、就寝前に送ったのだろう。メッセージには
【大丈夫？　近況報告しなさいよ】

とあった。

無理もない。こっちへ来て一度も連絡をしていないので心配しているのだろう。

でも、今の状況を知らせたら凪子が憂慮するのは間違いない。

さしあたり卒業式は出席するつもりでいるので、そのときに話そう。

【大丈夫よ。今、篠宮さんと一緒にいるの。卒業式は出席するからそのとき話を聞いてね。お土産買って帰るね】

簡単にそれだけ打って返信した。

篠宮さんが帰宅したのは、いつものように十九時を回ったところ。

何も言われていないときは、ホテルからのルームサービスの夕食になるので、ドレスアップせずに一日着ていたカジュアルな服のまま。

「おかえりなさいませ」

「ただいま。今夜は中国料理の気分なんだが、どうかな？」

毎回、私は「なんでもいい」と言うので、篠宮さんが先に提案してくれる。

「好きです」

「ＯＫ。オーダーしよう」

篠宮さんは専用の番号へ電話をかけ、オーダーをしている。

え？　料理は二時間後に持って来てほしい……？

いつも三十分ほどで料理が運ばれてくるので、首を傾げる。

通話を終わらせた篠宮さんは私の元へ戻り、ふいに屈《かが》むと膝の裏に腕を差し入れて抱き上げた。

「きゃっ、し、篠宮さん……？」

当惑する私の唇が歩きながら塞がれる。

「バスタイムだ」

パウダールームに連れて行かれ床に立たされると、服を脱がされる。

帰宅してすぐにこんなことはなかったから戸惑ってしまう。

しかも、昨晩も篠宮さんに抱かれているし……。

私が知らないうちにバスタブのスイッチを入れたのだろう。円形のバスタブには湯がたっぷり溜められていた。

バスルームの窓はミラーになっているので、外から覗《のぞ》かれることはないが、摩天楼《まてんろう》の夜景がバスタブからよく見える。

湯船に体を沈めた私の背後に篠宮さんがいて、抱きしめる手が胸の膨らみに触れ、早くも敏感に尖っている胸の頂《いただき》を弄び始める。

肩に唇が当てられ、時折吸われながら、舌が肌を滑っていく。

「ん、あ……っ」

胸を容赦なく弄《いじ》られて、甘い声が吐息になってこぼれた。

「明日は出掛けよう」

愛撫の手を休めず、耳元に唇を寄せた篠宮さんは甘い声で囁いた。

「え？　あんっ……、どち、らへ……？」

明日は平日なのに、どこへ出掛けると言うのだろうか。

「ドライブして、のんびり過ごそう」

嬉しい誘いに、心が浮き立った。

彼の腕の中で向きを変えて視線の先に端整な顔を捉えると、笑みを浮かべる。

「楽しみにしています」

そう言うと、私から篠宮さんの唇に唇を重ねた。


翌日、迎えの車に乗って向かった先は、ニューヨーク州の隣に位置するニュージャージー州。

大都会のニューヨークと違って、緑や山が多い。

晴天に恵まれた十二時前、湖畔のそばに車は止められた。

どこへ行くのかずっと尋ねていたのに、篠宮さんは「着いてからのお楽しみだ」と言って教えてくれなかったのだ。

「湖の周りを散歩するのでしょうか？」

今朝、スニーカーが履けるカジュアルな服装でいいとだけ言われたので、ジーンズを穿いている。

篠宮さんもジーンズで、腰までのダウンジャケットを着ている。

ジーンズは彼の形のいいヒップラインと足の長さを際立たせており、うしろ姿に見惚《みと》れてしまう。

「散歩もいいな。まずはバーベキューで腹ごしらえをしてからにしようか」

「え？　バーベキューを……？」

夏のバーベキューの経験はあるが、冬はない。でも辺りを見回すと、遠くの方でいくつかの家族がバーベキューをしている様子。

「こっちだ」

篠宮さんに手を引かれ、キャンプに使われるタープやテーブル、その近くに焚火があり、数人の男性が準備をしていた。

すでに牛肉がコンロの上で焼かれ、胃をそそる匂いが漂ってくる。他にも玉ねぎやじゃがいも、とうもろこしなどが見える。

「バーベキューができるなんて驚きました……くしゅん……」

「寒いな。火にあたろう」

篠宮さんは、アウトドア用の椅子の上に置かれていたチェック柄の毛布を持ち上げ私を座らせると、毛布で体を包むようにかけてくれる。

「こんなにしなくても大丈夫です……」

「くしゃみは風邪の前兆かもしれない。温かいココアを用意してもらっているから、ちょっと待ってろよ」

バーベキューコンロの前にいる人ではなく、お皿などを用意している男性に飲み物を頼む。

その間、辺りの景色を眺《なが》める。バンガロー的な建物もいくつか見えるので、泊まることもできるみたいだ。

夏にはこの湖で泳げそう。

都会的な雰囲気がよく似合う篠宮さんのような人が、こういった自然に囲まれた場所を選択するなんて驚きだ。

戻って来た篠宮さんは、ココアの入ったカップを手渡してくれる。

「飲んで」

「いただきます」

両手でカップを持ってひと口飲むと、温かさが身に染みてくる。彼も隣の椅子に座り、カップを口づける。

焚火にくべた木がパチンとはぜる音に耳をすませる。

「バーベキューだなんて想像もしていませんでした」

「サプライズが成功したようだな」

「はい」

にっこり顔を緩ませる私に篠宮さんは体を寄せて唇を重ねる。

そのキスにドキッと心臓が跳ねる。

何度も何度もキスをしているのに、不意打ちのキスは私の鼓動を暴れさせる。

その後、焼き上がったステーキやジューシーなウインナー、甘みのある野菜、温められたパンを、贅沢な自然の中で食べ終え、しばらくしてから三十分ほど辺りを散歩して車に乗り込んだ。

時刻は十四時を回っている。

次に向かったのは、湖からそれほど離れていないスターリングヒル鉱山博物館だった。

観光客が訪れる亜鉛鉱石の博物館で、中へ進むと、青白くて平たい岩と鉱物が目の前に広がっているが、ふいに頭上のライトが消えた。

「きゃっ」

怖くてとっさに篠宮さんの腕に触れる。

「大丈夫。ブラックライトが点くから」

「ブラックライト……？」

これは演出のようだ。そう思った瞬間、ブラックライトが点いて、鮮やかなオレンジやピンク、緑に様変わりしていく。

赤色の筋や幻想的に輝く光の脈が現れて、その美しさにため息が漏れる。

夢中になって展示物を楽しみ、再び車に乗ってマンハッタンの篠宮さんのレジデンスに戻ったのは十八時だった。

「とても綺麗です」

夕食は日本で展開しているうどん屋へ行き、温かいうどんを食べて、楽しく充実した一日が終わった。

翌日、篠宮さんが出勤したあと、カフェラテを飲みながらセントラルパークを眺める。

ソファに座り、物思いにふけるのが日課になってしまった。

たった今、スマートフォンから三月一日のフライトを予約した。

篠宮さんとは今月いっぱいの契約で、三月三日には大学の卒業式がある。

昨日の移動の車の中でも、本当の話をしようと考えていたが、結局口に出せなかった。

今日は水曜日。篠宮さんと過ごせる至福の時間がどんどん経ってしまう。

夜はディナーへ出掛けようと言って、篠宮さんは出勤して行った。

今日こそは……と思ったが、最後のディナーになるかもしれないので、荒波を立てずに過ごしたい。

はぁ……私って臆病……。

ニューヨークに滞在するのもあと数日。

このあとの時間は、メジャーなニューヨークのスポットを観光することにした。

バスと船で乗り継ぎスタテン島へ行き、間近で自由の女神を見て、写真を撮ってスマートフォンに収めた。

マンハッタンに戻ってから、ユニオンスクエアなどの観光地を見て、レジデンスの近くを歩いていた。

ふいに黒いコートを着た男性が通り向こうにいるのが目に入る。

篠宮さんだ。

彼はひとりではなく、ロイヤルブルーのコートを羽織った赤毛の美しい女性と一緒だった。

赤毛の女性はショートヘアにはつらつとした笑顔で、とても美人だ。ふたりは会話をしながら、私が宿泊していた五つ星ホテルに入って行く。

え……？

篠宮さんを追ってホテルのロビーに駆け込むと、ふたりがエレベーターホールへ歩を進める姿を捉えた。

そしてエレベーターが開くと、紳士的に女性を先に乗せた篠宮さんも中へ入り扉が閉まった。

ズキッと心臓が痛み、瞳が潤んでくる。涙が溢れ出てきて前が見えなくなったが、乱暴に手の甲で拭いてその場を離れた。


レジデンスの部屋に戻り、力なくソファに腰を下ろす。

頭の中は先ほどの光景がこびりついて、消えてくれない。

篠宮さんはこの先、何度も違う女性を求めるのだろう。

だって、彼は結婚をしているのに〝乃亜《のあ》〟と契約を交わしてレジデンスに住まわせ、〝乃亜〟を抱きたいときに抱いているのだから。

まだ私との……〝乃亜〟との契約中なのに、他の女性とホテルへ行っているのにはショックを受けた。

あの女性は篠宮さんと同じくらいの年齢に見えた。彼にはひと回りも下の私よりも、ああいう大人の女性の方が似合う。

しばらく悲しみに暮れぼんやりしていたら、気づけば外はいつの間にか暗くなっていた。

まだ涙は頬を濡《ぬ》らしていたが、なんとなく気持ちの整理がついた。

このまま篠宮さんには何も言わずに日本へ帰ろう。

卒業式が終われば、篠宮さんから離婚の連絡が来るはず。

そのとき私は……。

まだ離婚の申し出を受け入れる勇気は出ないけれど、日本へ帰ってよく考えよう。

私は別れたくなくても、あの女性が篠宮さんの愛している人で、一刻も早く〝妻〟である〝彩葉〟とは離婚したいと思っているかもしれない。

予約済みの三月一日を待たずに、一番早いフライトを予約して日本へ戻ろう。

篠宮さんは今まで約束を破ったことがないから、あの美しい女性と情事のあと帰宅して、私を夕食に連れ出すだろう。

胸が苦しくて仕方ないが、ソファから立ってバスルームへ向かった。

私が考えたとおり、篠宮さんは十九時過ぎに帰宅して、私をディナーに連れて行くためにレジデンスの外で待たせていた高級車に乗せた。

羽織ったコートの下は、ラベンダー色のパンツスーツだ。

髪は結ばず、肩から背中に波打たせている。

気持ちが滅入っているので、車内で沈黙している。

隣に座る篠宮さんはタブレットで書類だろうか、長文を読んでいたので、会話をせずに済んだ。

車はマンハッタンから橋を渡り、ブルックリンの対岸にあるレストランに到着した。

レストランからマンハッタンのビル群が見られるが、ジグソーパズルに代表されるような美しい夜景が広がっている。

窓側の席に案内されるが、篠宮さんと赤毛の女性の姿が脳裏にちらつき、この夜景を心から楽しむことができない。

「素敵な景色ですね」

気持ちは浮き立たなくても、何か話さなければと思うと、こんな言葉しか出てこない。

「夜景も楽しめると評判の、人気のメキシカンレストランらしい」

レストランは広さもあるが、篠宮さんの言うとおりテーブルはほぼ埋まっている。

メキシカンに合うビールを飲みながら、鶏肉の少し辛いスープや、さっぱりした魚介のマリネのセビーチェを食べる。

新鮮なアボカドのワカモレは、たくさんの野菜やお肉と共にナチョスやタコスに挟む。

エンサラーダ・デ・ノパリートスは初めて食した。

これはうちわサボテンのサラダで、めかぶのようにネバネバしているが、他の野菜と香辛料が入っていてとてもおいしい。

辛いのでビールも進み、気づけば気分はふわふわしていた。

はぁ……あまり飲まないようにしないと。色々と余計なことを口走ってしまいそうだ。

「どうした？　今日は沈んでいるように見えるが？」

「そんなことないです」

頭を左右に振ると、酔いがいっきに回ってくる。

そこへ、篠宮さんを呼ぶ男性が近づいて来た。

『リヒト！　奇遇じゃないか。君が人気のレストランに顔を出すなんて驚きだな』

先日の舞台でお目にかかった、アンダーソン監督だった。

私たちのテーブルの横に立ったアンダーソン監督に、篠宮さんは席を立って握手をする。

私も腰を上げたそのとき、近づく女性に釘付けになった。

『ダーリン、急にいなくなったと思ったら、リヒトがいたのね！』

アンダーソン監督の腰に腕を回す赤毛の女性は、私が夕方、篠宮さんと一緒のところを見かけた女性に似ていた。

篠宮さんの顔を瞬時に見ると、彼の表情は変わらずその女性と握手をして挨拶をしている。

違う人なのかな……でもショートヘアといい綺麗な赤毛といい、とても似ている。

『アンダーソン監督の奥様を紹介しよう。キャサンドラさんだ』

ハッと我に返って、奥様へ顔を向けて小さく微笑む。内心は困惑したままだけど。

『私の妻です』

『こんなに綺麗で若い女性がリヒトの奥様だなんて、妬《や》けちゃうわ』

赤毛の女性がにっこり笑いかけてくる。

やっぱり……先ほどの女性だ。

『そうだろう？　彼女を日本に隠し続けていたリヒトに驚くよ。私なら愛する妻の顔を見ない日はつらい。君がそばにいてくれて私は幸せだ』

そう言って、アンダーソン監督は彼女の腰に腕を回し、こめかみに口づける。

アンダーソン監督ののろけに、奥様も夫の頬に軽くキスを返している。

私は篠宮さんの顔を再び見るが、何を考えているのかまったく読めない表情だ。

『じゃあ、良い夜を。近いうちディナーに招待したい。また連絡するよ』

アンダーソン監督は上機嫌に誘う。

『ええ。では』

篠宮さんと握手をもう一度交わしたアンダーソン監督は、妻の腰に腕を回して去って行った。

「食事の最中にすまなかった」

そう言って、私に着座を進めて自分も座る。

「飲みなおそう」

「……はい」

篠宮さんはウエイターを呼び止め、ビールを頼む。

これは……不倫？

だから、私と結婚を偽装したの？

本当はあの綺麗な赤毛の女性のことが好きなの……？


その夜、レストランから戻ったあと、篠宮さんは私を激しく抱いた。

数時間前にあの綺麗な人とアバンチュールを楽しんだはずなのに、指一本動かすのが大変なほど乱れに乱されクタクタにさせられた。

篠宮さんに抱かれるのはうれしくて幸せだ。

一番近くに彼を感じるから。

だけど、もうそれもできなくなるのだと思うと、じんわりと涙がにじむ。

こんな姿を篠宮さんに見られないよう背中を向けると、腰に腕が回り後ろから抱きしめられて眠りに就いた。


篠宮さんと過ごす日は今日が最後。

三月一日のフライトをキャンセルし、明日に変更したのだ。

もう篠宮さんの顔を見るのがつらい。

明日は朝食を終えたあと、篠宮さんがオフィスで仕事をしている間に、ここから離れる決心をした。

残りの時間があと少しなのに、今夜は帰りが遅くなると、彼はそう言って出勤して行った。

これまで私と過ごす時間を作ってくれたけれど、そもそも篠宮さんのような忙しい人には、そうした時間を捻出するのも大変だったのではないか。

仕事が忙しく、入籍後は一度も帰国しなかった篠宮さんだ。

その日は出掛ける気にもなれずに、出国ための荷物整理をしていた。黙って去ると決心したので、主だった服は篠宮さんの出勤後にしまうつもりでクローゼットに掛けたままにしている。

あ……。

手にしたのは篠宮さんへ買ったマフラーのショッパーバッグだ。

その中に、最初に報酬として渡された残り四千ドルに星さんに渡した分を自分のお金で補填し、先日買い物をするようにと渡されたお金を入れた。

落ち込んでいても、ぼんやりしていても、お腹は空く。

ランチ時間を一時間ほど過ぎてから、近くのスーパーへ赴き、カットフルーツやサラダ、出来立てのカットされたピザに決めた。

レジへ行く途中で海苔巻きが目に入り、それも追加して買って帰宅する。

夕食はホテルに頼むようにと言われていたけれど、これで十分足りる。

部屋に戻りコーヒーを淹れて、セントラルパークを眺めながらまだ温かいピザをパクついた。

いつも時間が経つのは早かったが、明日ここを離れると思うと、さらに加速している気がする。

篠宮さんは二十三時になっても戻ってこない。

ベッドに入りうつらうつらしかけたところへウォークインクローゼットのある寝室にそっと入って来るのがわかった。

「……おかえりなさいませ」

ベッドの上に上体を起こしてウォークインクローゼットに歩を進めている篠宮さんへ顔を向ける。

「すまない。寝ていただろう？　シャワーを浴びてくる。俺のことは気にせず先に寝ていて」

「はい」

篠宮さんがドアの向こうに消えて、頭を枕につけた。

その後、シャワーから戻って来た彼に気づかないまま、どうやら眠ってしまっていたようだ。

目を覚ますと六時過ぎで、暖かさを求めるように篠宮さんの腕の中にいた。

そっと目線だけで彼の顎のラインの辺りを見つめる。うっすらと無精髭《ぶしょうひげ》が伸びているが、男らしくて心臓がドキドキ高鳴った。

だけど、今日でお別れ……。

そう考えると、瞳が潤んでくる。

ニューヨークへ来てから、〝彩葉〟ではなく〝乃亜〟として過ごした時間はとても幸せだった。

篠宮さんから離れてよく考えなければ。

私が星さんではなくて彩葉だと知ったら、きっと怒りを露《あら》わにするかもしれない。

その先は……目に見えている。

こうして彼の腕に抱き締められる日は、永遠にやってこない……。

篠宮さんの胸にすりっと頭を寄せ、彼の心臓の鼓動に耳をすませる。

しばらくすると篠宮さんが身じろぎ、目を覚ましたようだ。

彼はいつも私を起こさないようにそっとベッドから抜け出してシャワーを浴びに行く。

寝たふりをする私の頭にキスをして、篠宮さんはベッドルームから出ていった。


「今夜は下のフレンチレストランで食事をしようか」

玄関で見送る私に篠宮さんは振り返り尋ねる。

今夜……。

「いいえ。おつかれだと思うので、ルームサービスでかまいません」

彼が帰宅したとき、私は機上の人だ。

「わかった。今日はなるべく早く戻るから」

「……はい。いってらっしゃいませ」

ここを去りがたい。ずっと篠宮さんと一緒にいたい。

目頭を熱くさせながらも、笑みを浮かべて見送る。

「ああ、行ってくる」

篠宮さんは玄関の向こうへ消えた。

のろのろとベッドルームに戻り、黙々とキャリーケースに残りの服をしまっていく。

最後の荷物をキャリーケースに詰め込み、ボディを閉めてロックをかける。
こんなにもつらい気持ちになるなんて思わなかった。
じわじわと目に涙が溜まり、瞬きをした瞬間、頬に伝わって手の甲にポタッと落ちた。

七、偶然のいたずら（理人Side）

いつも玄関に現れて「おかえりなさいませ」と言ってくれる彼女の姿がない。

嫌な予感に襲われ、リビングへ足早に向かう。

彼女の姿は見当たらない。

どこかへ出掛けたのか……？

しかし、彼女が夜にひとりで街に出たことはない。

具合が悪くなって寝ているのか？

今朝の彼女の冴えない顔色が脳裏に思い出される。

俺はベッドルームへ入った。そこにも彼女はいなかった。代わりにブランドのショッパーバッグがフットベンチの上に置かれている。

それに歩み寄り中へ視線を落とすと、リボンの掛けられた平べったい箱と見覚えのある封筒があった。

これは彼女に渡した金じゃないか。

キャリーケースを置いていたウォークインクローゼットを開けるも、すでに彼女は家から出て行ったのだと、金を見た時点でわかっていた。

「くそっ！」

クローゼットの壁を拳で殴りつける。

黙って俺の元を去った彩葉《いろは》に腹を立てるが、俺が知らないフリをしていたせいなのだろう。


俺はパーティーの同伴相手に高級会員制交際クラブの女性を依頼した。妻の代わりと、とある案件からクラブの内情を聞き出す目的だった。

日本人もそこに登録されていたのは都合がいい。

俺は日本人で二十七歳の〝星乃亜《ほしのあ》〟を指名した。

パーティーへの同伴は、俺にモーションをかける女たちに妻の存在をわからせるためだ。

タキシードのジャケットと、ドレスシャツのカフスをはめる以外は支度を終えたのに、まだ星乃亜は現れない。

ようやくエントランスのチャイムが鳴り、彼女は現れた。

「遅かったな。入って」

カフスをはめる手を止め、若干腹を立てながら、やって来た日本人女性を見遣《みや》る。

俺の冷たい対応に驚いたのか、「あ、あの――」と、星乃亜はたじろいでいる。

艶やかな髪が肩に波打っている姿に、俺は呆れた。

「髪はアップにして来てほしいと伝えたはずだが？　早く着替えてくれ。パーティードレス一式はそこの部屋にある」

彼女を招き入れ、支度を始めるように厳しく言い放つと、俺はリビングへ戻った。

今日のパーティーの前に舞台の劇場鑑賞がある。

パーティーだけならば遅れてもかまわないが、劇場鑑賞に遅れるのはまずい。

三十分ほど待ったがまだ出てくる気配はなく、パウダールームのドアを叩《たた》いた。

「まだか？」

「い、今行きます！」

用意した真紅のドレスを身につけた彼女が姿を見せた途端、目を奪われた。髪も俺の要望どおり綺麗に結っている。

どこかで見たことのあるような顔だった。だが、思い出せない。

パーティーですれ違ったのか……？

考えながらリビングに案内し、俺は最後の仕上げのジュエリーを身に着けさせた。

名ばかりの契約を結んだ、日本にいる〝妻〟と離婚する際にプレゼントするものだ。

付き合いで何千万ものジュエリーを購入したが、普段は銀行の金庫に預けている。

他の女が身につけたものを彼女は嫌がるかもしれないが、慰謝料として渡すのであって、使ってもらうわけではない。

豪華なジュエリーを身につけた彼女は困った顔になった。

滑らかな肌に綺麗なデコルテラインを飾るルビーのネックレスをつけた彼女は、とても美しい。

「こんな――」

「もちろん君にあげるものでない。君は日本にいる妻の代わりだ。一緒にいて時折俺に笑いかけるだけでいい」

彼女は妻の存在を気にしているようだが、詳しく話すつもりもない。俺はケープコートを彼女の肩に羽織らせた。

彼女の所作は美しく上品だ。

外見、内面ともに最高の女性が、あのクラブにいるとは……。

しかし、まだ働き始めて日が浅いのか、俺と話をするとき、彼女は少しおどおどしているように見受けられた。

男性と触れ合うこと自体に慣れていないような……。

舞台を鑑賞し素直に楽しんでいる姿は、電話で彼女を指名したときに聞いた年齢の二十七歳よりもずっと幼く見える。

ふと、彼女の笑顔が日本にいる妻に重なった。

まさかな……。

似ているが……最後に会ったときからずっと会っていないし、顔を見たのは三回で、記憶が曖昧《あいまい》だ。それに今の彼女とは体型がまったく違っている。

それでも疑念は拭《ぬぐ》えず、幕間になると、レジデンスのコンシェルジュデスクへ電話をかけてみた。

何か些細なことでもわかるかもしれない。

コンシェルジュデスクの係と話をし終えた俺は、やはり彼女が〝妻〟の彩葉《いろは》ではないかという考えに至った。

レジデンス前の道路で腹痛で倒れた女性が星乃亜で、仕事をキャンセルする事情を話してほしいと、助けた日本人女性に頼んだそうだ。

ふと数日前、親父から土曜日は家にいるのか聞かれたことを思い出した。

偶然にも日本人女性――もしかしたら彩葉――が、星乃亜を助けたのかもしれない。

まだ彩葉だとは確信できないが、今回、同伴してきた女性が星乃亜でないのはわかった。

電話を切った俺は、それとなく彼女を観察していた。

星乃亜にクラブの内情を聞き出すため、パーティーの後はホテルのレストランを予約していた。

そこでも彼女の様子をうかがっていれば、酒に弱いようですでに顔を赤くしている。

そこで俺はかまをかけてみた。

「アルコールに強くなければその仕事はやっていけないだろう?」

そう言ってみれば、彼女はハッとしたような表情を滲ませる。

「そうなんです。あまり飲まないようにするのが大変で」

もう少し飲ませれば、白状するだろうか。

しかし、いつしかこの状況を俺は楽しみ始めていた。

彼女の所作はとても洗練されていた。ナイフとフォーク使い料理を口に運ぶ様《さま》は、今まで一緒に食事をしてきたどの女性よりも美しい。

妻の彩葉は横浜のお嬢様学校でずっと過ごしている。

そういった所作は身についているだろうが、日本で会った三度の食事のときには気にも留めなかった。

海老のマリネを食べながら、頭の中で日本の現在の時刻を考え、俺は仕事の電話を忘れていたと彼女に伝えて席を立った。

レストランを出て人気のない廊下の隅へ行き、親父に電話をかける。

《理人《りひと》、驚いただろう？》

驚いた……？　やはり彼女は彩葉なのか？

「ああ。驚いたよ」

そう言葉にすると、親父は満足そうな声になる。

《サプライズ成功だな。彩葉さんがあんなに美しくなるとは思ってもみなかった。先日、一緒に食事をしたんだが、テーブルに案内されてきた彼女がまさか彩葉さんだと思わずに、間違いでは？　と言ってしまったくらいだったよ》

親父の話に、彼女は彩葉だったことを確信する。

「かなり痩《や》せましたね」

《ああ。髪も伸びて大人の女性らしくなった。そのときに、彩葉さんから自分がニューヨークへ行くことは内緒にして、土曜日の在宅を聞いてほしいと頼まれたんだよ》

「なるほど。では、また連絡を入れます」

《仲良く過ごしなさい》

スマートフォンの画面をタップして電話を終わらせ、彩葉の元へ戻った。

テーブルに戻った俺は、食事を続ける彩葉を観察していた。

どういうつもりで俺に会いに来たのか……。

大学の卒業式は来月のはずだ。

彼女の考えがわからず、俺を無視するかのように食事をしている彼女を試す。

「空腹だったみたいだな」

「あ……はい。忙しかったので、食事をするのを忘れていて。マナーに反していましたら申し訳ありません」

「別にマナーには反していない。君を見ていたら妻を思い出したよ」

あくまでも彼女は星乃亜のフリをしている。いつ自分が彩葉だと告白するんだ？

「奥様は私のように食べる方なんですね？」

「そうだな」

彩葉は気まずいのか、スパークリングワインのグラスに手を伸ばす。

飲めば酔って白状するか。

食事が終わり彼女のうしろに回って立ち上がらせたとき、彩葉の足元がふらつく。

「大丈夫か？　このまま掴《つか》まっていて」

「ふぅ……は、い……」

俺の腕に添えられた華奢《きゃしゃ》な手、赤く頬を染め、潤んだ瞳で俺を見上げてくる彩葉に心臓がドクドク暴れ始める。

どういうことだ？　ひと回りも違う彼女に欲情しているのか？

もともと星乃亜と寝るつもりはなく、食事をしたあとは彼女をタクシーで帰し、ホテルのバーで飲むつもりでホテルの部屋を取っていた。

俺は彼女を支えながら、ロビーに向かわずエレベーターの前へ立った。

「理……人……さん……？」

困惑して顔をこちらに向けた彩葉の唇にキスを落とす。

「部屋へ行こう。契約は一夜を過ごすことも含まれているだろう？」

それは嘘《うそ》だったが、彩葉の考えを知りたかった。

彩葉と愛し合ったあと、手放せなくなるくらいに溺愛が始まるとも思わずに。

「私……」

「君と愛し合いたい」

もう一度、食《は》むように唇を甘く重ねた。

慣れていないキスで俺を誘惑しているのか？　それとも初心《うぶ》さを演出しているのか？

彼女の上唇を吸い、舌でなぞる。

「……好きに……して、ください」

彩葉のセリフに、俺の欲望は止まらなくなった。

しかし理性はある。

目の前にいる彼女は、妻であるが、妻ではない。

彼女は契約どおり離婚の意志を告げるために、今後の生活を話し合うために俺に会いに来たのかもしれない。

彼女を抱いてもいいのか自問自答するも、もう一度、彩葉に確かめた。

「好きにしていいんだな？」

「……もちろんです。好きにして」

彩葉は小さく微笑《ほほえ》み、俺の首に腕を回した。

その夜、俺は彼女を抱き潰した。

ボディラインが美しく、肌はしっとりと俺の手に吸いつくくらい気持ちがいい。

だが、彼女の様子からしてバージンか経験が少ないか。どちらかだろう。

経験が少ない？

契約とはいえ結婚しているのに、好きな男ができたからこんなに綺麗になったのか？

初めて味わう嫉妬に戸惑いながらも、彩葉を自分のものにした。

朝、目が覚めて、シーツの上に肘を立てて頭を置いた俺は、ぐっすり眠る彩葉を眺《なが》める。

彼女の気持ちがわからない。

昨晩、彼女はかなり酔っていた。

別れるつもりであっても俺に抱かれたのか？

しどけなく眠る彩葉を見ていると、再び欲望に火がつきそうだ。

そっとベッドから下りて、バスローブを羽織る。

彩葉が微動だにせず寝ているベッドを離れ、リビングでコンシェルジュデスクに電話をかけると、必要なもの一式を買ってくるよう頼んだ。

着替えがいて身支度を済ませると、ルームサービスを頼む。しばらくして料理が運ばれ、彩葉の元へ向かう。

目覚めた彼女は頬を染め、恥ずかしそうに目を伏せる。

それが俺の気持ちを揺さぶる。

彩葉の透明感のある美しさに惹《ひ》きつけられ、ベッドから出したくない思いに駆られた。

ベッドの上で戯《たわむ》れるのも新鮮で、彼女をからかうのも楽しい。

彩葉は自分の正体を明かさず、契約を曲げたのは俺だからと、さらに嘘を重ねる。

お互いが気に入ったのを理由に再契約の話を持ちだし、一日延長させた。おりしも日曜日で仕事は休みだ。都合がいい。

彩葉はニューヨークへ一度行ったことがあると、以前話していたのを思い出す。

こちらに到着してから、どこかに出かけたのだろうか。

彼女がフリをしている星乃亜は、ニューヨークに住んで数年経っているはず。

お決まりの観光スポットを口に出せば、星乃亜ではないことがバレると思ったのか
……まだ正体を明かさない彩葉は、わりと新しいスポットを口にした。

タクシーに乗っているときは気づかなかったが、ベッセルの近くで降りて彩葉の手

を握ると氷のように冷たいことに気づく。

手袋を買おうと言ったが、俺の手を握っているから必要ないと言った。

今の言葉は星乃亜のフリではなく、素《す》の彼女のものだろう。

しかし、それが俺の嫉妬心に火をつけた。

なぜ彼女は、誰もが振り返るほど魅力的な女性になって、俺の目の前に現れた？

日本で食事をしたときは、年齢の割に落ち着いた女の子という印象だった。

それは今も変わっていない。

一日中、彩葉といても面倒だとか、居心地の悪さはなかった。

俺は彼女が大学を卒業したら離婚するつもりだった。

離婚したあともマリッジリングを外さず、特定のガールフレンドは作らないつもりで。

かといって性的欲求がないわけではない。魅力的な女性がいれば征服したい気持ちもある。

特定の相手はいらない。割り切った男女の関係でいいと思っていた。

それなのに、この感情はなんなんだ？

彼女が――彩葉が可愛くてならなかった。初めて話をしたときも、素直で良い子だと思ったが。

翌日から彩葉にボディガードをつけた。

あんなに綺麗な女性がひとり歩いていたら、いつ身の危険があるかわからない。

彩葉が星乃亜に会っているとボディガードからの連絡があり、俺は星乃亜のビジネスカードを出して電話をかけた。

電話に出たのは星乃亜ではなく、彩葉だ。

あくまでも星乃亜のフリを続けるのか。

次に会ったのは翌日の夜。彩葉が滞在しているホテルのレストランを予約しロビーで待ち合わせをした。

その方が狼の群れがいる夜道を移動させずに済む。

だがロビーへ赴《おもむ》いた俺の目に、ブロンドの男が熱心に言い寄る姿が目に飛び込んできた。

俺は足早に近づき、彩葉の腰に腕を回した。

「出会うのが遅かったな。この美しい女性は俺のものだ」

そう牽制し、ブロンドの男を追い払う。

それからは売り言葉に買い言葉で、〝星乃亜〟を偽る彩葉に二月いっぱいの専属契約を持ち掛け、俺と彼女は一緒に住むことになった。

女性と生活をするのは想像できなかったが、仕事を終えて家に帰れば彩葉が笑顔で迎えてくれる。食事をしながら、その日あったことを彩葉が楽しそうに話してくれる。

そして、夜は彩葉を愛し、彼女とともに眠る。

彩葉と過ごす時間は居心地が良く、俺はどんどん彼女に溺れていったが、彩葉の気持ちがわからない。

いや、嫌いな男と寝ることは彼女の性格上できなさそうだ。

契約が終わる日、俺は彩葉と話をするつもりだった。

それが……予告もなく、彼女は俺の元から去って行った。

八、傷心の帰国

羽田空港の到着時間を母に知らせるメールを打つと、少しして渉《わたる》兄さんからメッセージが入り迎えに来てくれるとのことだ。

渉兄さんはおそらく仕事を切り上げて来てくれるのだろう。

迎えに来なくてもいいのに……。

初めてのひとりでの長い旅行だったので心配だったのはわかるけれど。

ニューヨークを発ってから篠宮《しのみや》さんを想って泣いたので、目が腫れていないか着陸前に確認し、少しして機体は滑走路に着陸した。

すでに外は暗く、滑走路の誘導灯が泣いた目に痛い。

時刻は定刻通りの十七時四十分。

羽田上空から東京の景色を眺《なが》めると、篠宮さんと見たマンハッタンの夜景を思い出してしまった。

入国を済ませ、キャリーケースを受け取って外に出た先で、渉兄さんと七海《ななみ》さんが待っていてくれた。

七海さんはコートを着ているが、妊娠中のため、お腹の膨らみは妊婦さんだとすぐにわかる。

「彩葉《いろは》ちゃん！　おかえりなさい」

軽く手を振る七海さんの隣に立つ渉兄さんが、キャリーケースをふたつ乗せたカートを押す私に近づく。

「おかえり」

「ただいま戻りました」

「疲れたでしょう？　お義母《かあ》様が待っているわ。行きましょう」

渉兄さんが私の代わりにカートを押して、駐車場まで行ってくれた。

駐車場に置かれた車に乗り込み、後部座席に七海さんと並んで座ると、カート置き場から戻って来た渉兄さんが運転席に着く。

車が動き出した。

わが家は品川区にあるので、空港からはさほど距離は遠くない。

「向こうはこっちより寒かった？」

「はい。とても」

「卒業式は晴れるといいわね。お義母様、お着物と袴を用意していたわ」

「どれがいいか、写真が送られてきました」

着物の写真がスマートフォンに数枚送られてきて、クリーム色の着物に紫の袴を選んだのだ。

そんな話をしているうちに、自宅のあるタワーマンションの地下駐車場に着いた。

「渉兄さん、七海さん、お迎えありがとうございました」

「渉さんったら、自分からお義母様に連絡をして、彩葉ちゃんが何時に戻って来るのか確認したのよ？」

「七海、余計なことを言うなよ」

渉兄さんは笑いながら七海さんをたしなめると、キャリーケースの大きい方を押し、私は小さい方を引いてエレベーターへ向かった。

自宅では母が待ち構えていたかのように、玄関ドアが内側から開いた。

「彩葉、おかえりなさい」

「ただいま戻りました。手洗いをすませてきます」

キャリーケースを玄関に置いたまま洗面所に向かい、手洗いとうがいをしてから、空港の免税店で買ったお土産のショッパーバッグを持ってリビングへ向かった。

それぞれにお土産を渡して、篠宮さんやニューヨークの話をした。

彼の話をするのはつらかったし、正体を明かさないままの滞在だったので、そのことは話せないが、篠宮さんと出掛けた休日などはごく普通に口から出てきた。

父も帰宅して、五人ですき焼きの夕食を食べて部屋に戻った。兄夫婦も一階下の自宅へ帰って行った。

ベッドに横になってひとりになると、ため息しか出てこない。

今でも彼に会いたいのに、離婚なんてできるの……?

篠宮さんの浮気を黙認していれば、私はそばにいられる?

「はぁ……こんな苦しい思い、我慢できるわけない」

だが、篠宮さんと永遠に別れるのと、わかっていてもそばにいるのとでは、どちらが幸せなのだろう……。

「どちらも……幸せなはずはないか……」

胸に痛みを覚えて服の上からギュッと手で押さえ、そのまま眠りに逃げた。

卒業式当日は早朝から忙しかった。

ヘアサロンで髪を結ってもらい、着物と袴の着付けを済ませる。

篠宮さんにふさわしい女性になるために、着物の着付けなども習ったのでひとりでできるが、手っ取り早くヘアサロンで支度を済ませた。

大学へは父が運転する車で向かった。私の卒業式に出席するため、父はスーツ、母は少し華やかなツーピースを身につけている。

大学へ来るのは一カ月以上ぶりで、懐かしい気持ちになる。

門の前で父が私や、母と並んだ写真を何枚も撮る。どの家族も同じで、みんなの顔が喜びでいっぱいに見える。

だけど、私は篠宮さんのことばかり考えて、父に「笑って」と言われなければ浮かない顔になってしまう。

私が楽しまなければ、ここまで育ててくれた両親に申し訳ないと、なんとか気持ちを切り替えた。

今日の大学は、色とりどりの着物を身に纏《まと》った女性ばかりで、花が咲いたように華やかな雰囲気《ふんいき》だ。

講堂へ足を運ぶと、凪子《なぎこ》が私を見つけて手を振ってくる。水色の着物に黒い袴で、凪子らしいと私は笑みを浮かべる。

「彩葉、おかえり～。また綺麗になったみたい」

「ありがとう。でも、それは着物だからじゃないかな」

「ねえ、今日はたっぷり話を聞かせてよね？」

「そうだね。あとでゆっくり話すから」

瓜子へのお土産も着物バッグの中に入れてある。

式典が終わり、学部のみんなで記念写真を撮るのを見届け、卒業生の親たちは帰って行った。

私たちは一時間後に近くのホテルで卒業パーティーがあり、各自で集合になっている。

それほど遠くないので、瓜子と徒歩でホテルに向かい、ロビーで時間を潰す。

「ふぅ～やっと彩葉の話が落ち着いて聞けるわ」

あちこち置かれたソファに卒業生たちが座り、思い思いに友人たちと話をしている。

「あ、まずはお土産」

着物バッグから、ニューヨーク五番街にある宝飾店の水色の箱を渡す。瓜子にはネックレスを選んだ。

「わぁ、ありがとう！」

リボンを解いて蓋《ふた》を開けて、瓜子はびっくりしている。

「これ高いんじゃない……？　いいの？」

「もちろんよ。私も同じのを買ったの」

「彩葉、ありがとう」

瓜子は笑顔で私をハグする。

「それで、篠宮さんとはうまくいったの？　彩葉を見て、もちろん驚いたわよね？」

「それが……」

レジデンスの前で星《ほし》さんを助けたところから話し始めた。

「え？　彩葉だって、わからなかったの？　それで酔った勢いで篠宮さんと寝たって、驚きすぎる」

瓜子は驚愕しているが、その後の展開をざっと話すと言葉を失ってしまったみたいだ。

「そ、そんなにびっくりしないで……篠宮さんといた時間は今まで生きてきた中で一番幸せだったの」

「……でも、篠宮さんは彩葉じゃなくて、交際クラブから出向してきた星さんだと思っていたんでしょう？」

「うん……これって浮気だよね……？」

それを口にするのは、胸がえぐられるように痛い。

「完璧な浮気よ。それになんとかって言う監督の奥様とホテルに行った？　彩葉、きっぱり別れた方がいいわ」

誰が聞いてもそう結論に至るだろう。だけど、まだ決心できていない。

「彩葉？」

俯《うつむ》いて黙ったままの私の顔を凪子が覗《のぞ》き込む。

「はぁ……」

「もうっ！　完全に骨抜きにされてる……」

「だって……」

「はいはい。三年半の片思いで、ダイエットを頑張って、ようやく彼に近づけたんだもんね。きっぱり気持ちを断つなんて、彩葉の性格だったらできるわけないわ」

凪子なら気持ちをわかってもらえると思っていた。

「今すぐ結論は出せないの。篠宮さんは私の卒業を待って離婚するつもりだから、連絡を待とうと思ってる」

万が一、離婚を回避できたとしても……私が星さんのフリをしていたことを知れば、やっぱり離婚ってことになるかもしれない。

肩を落とす私の手を、凪子がそっと握り締める。

「よく考えて。彩葉がどんな結論を出しても応援するわ」

「凪子、ありがとう」

そこで、卒業生は二階にあるボウルルームへ集まるようにアナウンスが入った。


卒業式から一週間が経ったが、まだ篠宮さんから連絡はなかった。

契約の話は、私から連絡をした方がいいの……？

そう思ったけれど、でも、まだ結論は出ていない。

二週間経つと、夕食時に両親から「理人《りひと》君とのことはどうなっている？」と聞かれ、「仕事が忙しいみたい」だと答える。

だが、この理由では、いつまでもつかわからない。

母などは「結婚式はいつ頃、どこでするのかしら？」と言い始めている。

私の卒業後の進路については、両親には篠宮さんと相談済みで、まずはニューヨークに移り住んでから、ゆっくりりと決めていくと伝えてあった。

篠宮さんと離婚したら、両親に言ったとおりニューヨークに住もうかな……。

ニューヨークの住居や物価はバカ高い。仕事のない私が向こうで暮らせるものなのか。

彼は離婚したあとも手助けをしてくれると、契約時に言ってくれていた。そうは言っても、頼るなんてできない。

悩みに悩みぬいて、彼と話し合うためにもう一度ニューヨークへ行こうと考えた。

今度は篠宮さんの元に訪れることをしっかり約束して。

ベッドに座ってスマートフォンのメッセージアプリを開いてみると、驚くことに篠宮さんからメッセージが入っていた。

何が書かれてあるのか読むのが怖くて、呼吸が苦しくなる。

深呼吸を繰り返して、気持ちを落ち着かせてから篠宮さんの名前をタップした。

【こっちに来る日を教えてくれ。フライトをこちらから予約する】

きっと、離婚の話をするつもりなのだろう。

多忙な彼は日本に来られないから、私を呼ぶのね……。

私の姿を見た彼は驚くだろう。

ちょうど私もニューヨークへ話し合いに行こうと思っていたから、このメッセージは願ったり叶《かな》ったりだけど、離婚の話を切り出されると思ったら悲しくなってしまう。

【離婚の件なら、そちらへお伺いしなくても済むのではないでしょうか？】

それだけ打って送信タップを押そうとしたが、指先が震えて一度ギュッと手を握り締める。

それから送信をタップした。

自分から〝離婚〟を切り出すなんてバカだ。

両膝を立てて、頭を膝頭につけてうなだれる。

着信音とともに新たなメッセージが届くが、内容を確かめるのが怖い。思い切って開いてみると、そこにはたったの四文字だけ。

【わかった】

とだけ記されていた。

これで篠宮さんとの離婚は決定だ……。

幸せだったニューヨークでの日々を思い出し、昼間なのにゴロンとベッドに横になり目を閉じた。

数日経っても気持ちが沈んでいる中、義父からランチの誘いがあり、事務所の並びにある会員制ホテルのフレンチレストランで待ち合わせになった。

お義父《とう》様は私たちの離婚の件をご存じなのかな……。

ニューヨークで買ったお土産を持って、三月末の少し暖かくなった金曜日、待ち合わせの時間に合わせて自宅を出た。

ベージュの春コートの下はペパーミントグリーンのカシュクールワンピース。髪はうしろでひとつに結んで、パールのついたシュシュで華やかさを出した。

お嫁さんが義父に会うためにふさわしい、上品でおとなしめのコーディネートだ。

お義父様に印象を良くしても、もう関係なくなるのに……。

ホテルに着いてエレベーターに乗り込み、フレンチレストランのある二十階へ向かう。

到着してフレンチレストランへ歩を進めると、そこが篠宮さんと初めて会った場所だと気づいた。

義父の法律事務所の並びだし、会員制ホテルなので篠宮家がよく利用しているのだろう。

入り口に控えていたスタッフにコートを預け名前を告げると、「お連れ様はいらしております」と、すぐさま個室に案内される。

一歩、個室に入った瞬間、ギクッと足を止めた。背後でドアが閉まる音がする。

部屋にいた男性は大きな窓の前に立って外を見ていた。こちらには背を向けているので顔は見えない。

オーダーメイドの高級スーツを着こなしたそのうしろ姿を見た瞬間、その人が義父ではなく篠宮さんだとわかった。

「し、失礼しました。間違えました」

慌てて踵《きびす》を返し、ドアノブに手をかける。

「面白い冗談だな。彩葉」

背後から冷ややかな声が聞こえてきた。

私の名前が聞こえた気がするけど、きっと気のせいだ。

まだ私のうしろ姿しか見られていない。

このまま出て行けば部屋を間違えたで済むはず。

篠宮さんに対面する心の準備ができていない私は、ここから一刻も早く去ろうとドアを開けた。

「彩葉！」

鋭い声が飛んできて、ビクッと肩を跳ねさせ立ち止まると、腕を背後から掴《つか》まれて振り返させられた。

「彩葉、逃げるな」

面と向かって〝彩葉〟と呼ばれ、困惑する。

篠宮さんは私を彩葉と……？

わけがわからず彼を見上げると、突として背中に腕が回り篠宮さんに強く抱きしめられた。

「彩葉、君は俺と離婚したいのか？」

そう言って、彼は私の顔を覗き込む。目と目が合って逸《そ》らすことができない。

「……わからないんです。篠宮さんは……別れたいんですよね？」

正直な気持ちだ。

篠宮さんは私を星さんではなく彩葉と言った。

いったい、いつ知ったの……？

彼は私の気持ちを読み取ろうとしているのだろうか？

私には篠宮さんの考えが全く探れない。

視線が絡み合い、小さな呻《うめ》き声が篠宮さんから聞こえた次の瞬間、彼は私の腕を引いて個室を出る。

そのままレストランの出入り口に向かうと、先ほどの男性に「料理は一時間後、部屋に持って来てくれ」と告げた。

エレベーターに乗り込むと、篠宮さんは最上階を押した。

「どこへ……？」

「愚問だな。部屋だと言ったのが聞こえなかったのか？」

最上階で止まったエレベーターから降ろされて、廊下を進んだ突き当たりの大きな観音開きのドアの前に立った篠宮さんはカードキーで開けた。

広いロイヤルスイートルームだけど、見回す余裕もなくベッドに連れて行かれた。

白のリネンが敷かれたキングサイズのベッドの上に寝かされ、彼が覆《おお》い被さってくる。

「篠……宮さん……？」

びっくりしたが、彼に組み敷かれても怖くはない。

彼の顔が近づき、唇が塞《ふさ》がれた。

息をするのも難しいほどの、まるで罰するような荒々しいキス。いつしか私も、その口づけに夢中になっていた。

私は篠宮さん好き。愛している……。

だけど彼は愛がなくても、情熱的なキスやその先の高みまでも、私を翻弄《ほんろう》し連れていけるのだ。

そう思ったら、涙がこみ上げてきて、目尻を濡《ぬ》らしていく。

「彩葉？」

涙に気づいた篠宮さんはキスを止めて、私の顔の横に両手を置いてじっと見下ろしてくる。その視線から逃れるように、私は横を向いた。

目尻を伝う涙を篠宮さんの指で拭《ぬぐ》われる。その指はとても優しい動きに思えた。

「さっきも聞いたが、君は俺と離婚したいのか？　俺にキスされるのが嫌なほど、好きな男がいるのか？　俺に淫《みだ》らに抱かれている間も、その男を想っていたのか？」

え……？　好きな……男？

「な、何をおっしゃっているんですか……？」

篠宮さんはどんな誤解をしているの？

当惑した顔を向けると、彼は小さくため息をついた。

「……ちゃんと話そう。すまない。彩葉を見たら抑えが利かなくなったんだ」

私を見たら抑えが利かなくなった？

篠宮さんは私の体を起こしてベッドから下りる。そのまま彼はひとり掛けのソファ椅子《いす》をベッドに近づけてドカッと腰を下ろした。

「あの、私のこと……いつから彩葉だと？」

「君を疑い始めたのは、観劇中だ。笑顔が誰かに似ていると思い始め、幕間のときにレジデンスのコンシェルジュデスクへ電話をかけて、日本人女性が腹痛の女性を助けていたと聞いた」

そ、そんなに早くから……。

「食事の最中に仕事の電話だと言って中座しただろう？　あれは親父に電話をかけていたんだ。数日前に、土曜日は家にいるか聞かれたのがやけに不自然だったのを思い出してな」

篠宮さんの言葉に唖然となる。

「親父は驚いただろう？　と俺に話した。そこで君がニューヨークに来ていることを知った。だが、彩葉……君は変わった。本当に俺の妻なのか確信は得られなかった。俺たちは三度しか会っていない。あれから三年半も経っていて、君は美女に生まれ変わっていた」

「び、美女では……でも、綺麗になりたくて努力しました」

篠宮さんの手が私の左手を握る。

「指輪は？　好きな男のために綺麗になったのか？　すまない。今、嫉妬心を必死に堪えている」

嫉妬心？　もしかして篠宮さんは、私のことを……!?

まさかと思いながらも、期待に胸がドキドキする。

「指輪は緩くて、着けていないだけです。離婚するのなら直しても無駄《むだ》ですし。それに、私が好きなのは……」

すんなり自分の気持ちをさらけ出していいのだろうか？

「私が好きなのは？」

真剣な表情で問われ、鼓動が大きく跳ねる。

「……あなたです。私は篠宮理人さん、あなたにふさわしい女性になりたくて変わったんです」

「俺のため？　他の男のためではなく？」

不思議そうな篠宮さんに、頭を左右に強く振る。

「違います。そんな人いません。私が愛しているのはあなたです。ずっとあなたを想ってきました。浮気をしていてもかまいません。そばに置いてください」

胸の内を告白したら、篠宮さんが浮気者だろうと、どうでも良くなった。

「浮気？　どういうことだ？」

「星さんだと思って、その、私と……エッチをしているのかと。先ほどの説明でそうじゃなかったとわかりましたが」

私の脳裏に浮かぶのは、アンダーソン監督の奥様とホテルに入っていく彼の姿だ。

「もちろん、俺は彩葉だとわかっていて抱いたんだ。俺は浮気男じゃない」

「嘘《うそ》はつかないで。アンダーソン監督の奥様とホテルに入り、エレベーターに乗るところを見たんです」

篠宮さんは切れ長の目を見開き、すぐに大きく息を吐《は》いた。

「そう思われても仕方がないな。だが、不倫をしているわけじゃない」

「え……？」

「彼女は不動産会社のブローカーなんだ。物件を見に行ったところを、どうやら見られたようだな」

「不動産会社のブローカー？」

でも篠宮さんには、あんなに素敵な住居があるのに……。

困惑する私を見て、篠宮さんはフッと笑う。

「彩葉、君と住むための家を探していたんだ。あのホテルのレジデンスは広いんだ。

今の部屋はリビングかベッドルームしか君の居場所がなかっただろう？」

篠宮さんは私のために住居を捜してくれていた。

誤解だったのだ。

信じられないくらいうれしくて、篠宮さんの胸に飛び込む。彼は私を膝の上に横抱きにして、ギュッと抱きしめてくれる。

「彩葉、君を愛している。初めて出会ったときの君はまだ若く、俺との結婚生活を送る必要はないと思っていた。両親の勧めるがまま俺と結婚したのだから、契約の終了後は自由になってほしいと考えたんだ」

篠宮さんの声が私の耳をくすぐる。

幸せを感じながら、彼の顔を見上げ想いを告げる。

「結婚は自分で決めたんです。入籍後のレストランで私をかばってくれたとき、あなたに恋をしました」

私の言葉に、篠宮さんは目を細めて続きを促す。

「だけど、すでに契約結婚の条件を呑《の》んだあとで……。あなたを好きになってしまったから離婚をしたくなくて、だから篠宮さんが私を好きになってくれるように外見も内面も磨きました。あなたに綺麗になったと言われるのを夢見て……」

「君がニューヨークに来るまでは、たしかに離婚を考えていた。だが、君と時間を過ごすたびに愛おしさが募り……俺も君に恋をしたんだ。彩葉、愛している」

夢のような告白に、涙が溢れてくる。

篠宮さんの唇が涙をすくってから、キスを落とす。涙でしょっぱい口づけは甘く変わっていき、抱き上げられた私はシーツの上に再び下ろされた。

「一生、離さないから覚悟しろよ」

喉元に唇が移動し、篠宮さんの大きな手がうしろに回ってファスナーが下ろされる。

「絶対に離さないでくださいね」

「約束する」

篠宮さんは美麗な顔に笑みを浮かべ、誓いのキスで唇を塞いだ。

ワンピースは腕からウエストの辺りで布の塊《かたまり》になる。ブラジャーが外され、篠宮さんの手のひらが膨らみにある尖《とが》りに触れ、もう片方を舌で舐る。

腰が疼《うず》き快楽に体が震えるが、ふいに今の時刻を思い出す。

「篠宮さん、っあ……まだ昼間、ああん、っ……」

「理人と呼べよ。星乃亜のフリをしたときに呼んでいただろう？　彩葉から呼ばれるたびに喜びが沸き上がっていた」

「理人……さん……」

彼の愛撫に翻弄され、理性は飛び、時間も気にならなくなる。

愛する極上の旦那様の腕に抱かれ、幸せいっぱいな時の訪れに、夢なのかもしれないと思いながら身を任せた。


理人さんの日本滞在予定はわずか四日間。

翌日の昼間は一緒に私の自宅へ戻り、土曜日で在宅だった両親に理人さんは挨拶《あいさつ》をした。三年半ぶりに理人さんと顔を合わせた両親は満足そうだった。

その後、サイズが合わなくなったエンゲージリングとマリッジリングの直しをするために銀座の店舗へ赴《おもむ》き、夜には篠宮家や花野井《はなのい》家を交えての夕食会をおこなった。

義父から、私が痩《や》せた話を義母は聞かされていたのだろう。

特に驚かれなかったが、「とても洗練されて綺麗になったわ」と言ってもらえた。

私の渡米や結婚式の話なども、とんとん拍子に進んでいく。ちなみに、結婚式は日本で挙げることになっている。

夕食会が終わって二十二時、私は理人さんが宿泊するロイヤルスイートルームに一緒に戻って来た。彼の日本滞在もあと二日。

またしばらくの間、理人さんとは離れ離れの日々を過ごさねばいけない。

リビングに足を運ぶと、そのままソファへ理人さんは腰を下ろした。

特に酔っているようには見えないが、慌ただしい数日に疲れもあるのだろう。

「お父さんたち、お酒を飲み過ぎていたみたい。理人さんは大丈夫ですか？　お水持ってきますね」

冷蔵庫からペットボトルの水とグラスを手に持って、彼の元へ近づいた。

グラスに水を注いで、「はい」と彼に手を伸ばす。

「飲ませてくれないか？」

理人さんのような有能な男性に甘えられるとうれしくて、微笑みを浮かべて隣に座る。

「はい。理人さん、どうぞ」

グラスを彼の口元にあてようとすると、理人さんがおかしそうに「クッ」と笑いを堪える。

「何か、変……ですか？」

なぜ笑うのかわからなくて首を傾《かし》げて尋ねる。

「口うつしで飲ませてくれ」

「え？」

思わず理人さんの唇へ目を向けて、心臓が跳ねる。何度もその唇に愛されているのに、ドキドキ心臓が暴れてしまう。

「ほら、早く。喉が渇いた」

「そ、それなら自分で」

無理やりグラスを彼の唇に押し付けようとすると、理人さんは慌ててグラスをガシッと掴む。

「ちょ、ちょっと待て。まったく、初心《うぶ》すぎるぞ」

笑いながら彼はグラスの水をあおり、私の唇を塞いだ。水が私の喉に通っていく。飲みきれなくて顎に伝わる水を、理人さんは唇で食《は》むように拭った。

「わ、私が飲むんじゃなくて、理人さんです」

「飲ませ方を教えたんだ。ほら、やってみるんだ」

余裕の笑みにタジタジになりながら、グラスの水を口に入れて、理人さんの唇に重ねた。

「もっと」

「私からだとあまり――」

「いいから飲ませろよ」

羞恥心《しゅうちしん》をどこかへ追いやって、有無を言わさない理人さんの口へ水を飲ませた。

そのままキスは止まず、なだれ込むようにバスルームで愛され、ベッドの上でも欲望のままにじゃれ合い、理人さんは何度も私のナカへ熱を放った。


翌日、理人さんが私を連れて行ったのは、入籍した際に契約書を預けた銀行だった。

あのとき、ふたりが揃わなければ金庫は開けられないと彼は言っていた。

貸金庫から封筒を取り出し、貸金庫の解約手続きをしてから、契約書は目の前でシュレッダーにかけてもらう。

そして、理人さんがニューヨークへ戻る日はあっけなくきてしまった。

私はビザの関係で三週間後に渡米する予定になっている。

それまで荷造りや、十月に決まった日本での結婚式の準備をできるだけ進め、あとは向こうからブライダルコーディネーターと相談することにした。


四月の第一週の土曜日。

凪子と銀座で夕食の約束をした。ちょうどリングのサイズ直しが出来上がったと連絡が入ったので、待ち合わせ前に宝飾店へ赴いた。

久しぶりにはめたエンゲージリングとマリッジリングは、眩《まぶ》しいくらいキラキラしている。

待ち合わせのカフェに入り凪子を待つ間、左の薬指にはめられたふたつの指輪を、スマートフォンで写真を撮る。それから理人さんに写真と共にメッセージを送った。

「彩葉、スマホ見ながらニヤニヤしているわよ」

いつの間にか凪子が私の斜め前に座っていた。

「え……ニヤニヤ……」

「そうよ。私が来たのにも気づかないくらい、幸せいっぱいの顔だったわよ」

凪子は戸惑う私ににっこり笑う。

「うまくいって良かったね。彩葉、おめでとう！　ちゃんと、一から話してよ？」

メッセージで、理人さんの件は離婚しないことになったと先に伝えていた。

内容を端折って送ったので、詳しいことは今日話すつもりだったが……凪子は楽しみにしている様子で、急に恥ずかしくなる。

「幸せそうに顔を赤らめちゃって。さ、話を聞く前に注文しちゃおう。何にする？」

「私はミルクティーにしようかな」

「ＯＫ！　私も同じのにしよ」

凪子はやって来たウエイトレスにミルクティーを頼んだ。

「さてさて、浮気男は改心して『君を愛している』とでも言ったの？　星さんのフリをしていた彩葉に心臓が止まるくらい驚いたんじゃない？」

凪子の的確な予想に、クスッと笑ってしまう。

「それが、出会った日からバレていたの」

「ええっ？」

凪子の目が驚きに大きく見開く。

「うん。義父が土曜日は在宅か確認をお願いした経緯《いきさつ》もあって、そっちから確認されちゃった。私の様子にも違和感を覚えたみたい」

「めっちゃ策士じゃない！　わかっていたのに、バラさないって。綺麗になった彩葉に勝てなかったのね。でも、監督の奥様とホテルに行ったって言うのは？」

運ばれてきたミルクティーを飲みながら話を続ける。

「奥様は不動産会社のブローカーだったって。すでに理人さんは私とニューヨークで暮らすことを考えていてくれていたみたいで、そこのホテルのレジデンスの内見をしに行ったところを私が目撃したの」

あの事がなければ、ニューヨーク滞在中に自分が彩葉だと告白していたかな……。

ううん。やっぱり勇気が出なかったに違いない。

「そうだったのね……。とっくに彩葉と結婚生活を送る準備をしていたなんて」

「話を聞いてびっくりだったわ」

「はぁ～うまくいって良かったね。でも、正直うらやましいわ。私なんて、父の会社に入社して受付から修業中よ」

全国各地に点在している瓜子のお父様のホテルや旅館。その東京本社に就職して、彼女は受付に配属された。

でもそのうち、縁談話が来る予定だと瓜子は話す。

「いいな～ニューヨーク生活」

「遊びに来てね」

「もちろんよ！」

ひとしきり話を終えてカフェを出ると、おいしいと評判の韓国料理のお店へ向かった。

それからは、渡米の準備をしつつ、家族との時間を大事に過ごした。

二月に家族の元を離れたときは、またすぐに戻って来るので寂しくはなかった。

それよりも理人さんと対面することで落ち着かず、気持ちははるかニューヨークに飛んでいた。

けれど、今度の渡米は向こうに移り住むため。

十月に東京で結婚式を挙げるので一時帰国するが、頻繁に帰ってくることができなくなると思えば、荷物の整理をしながら悲しくなってくる。

出発前日の夜、段ボール箱が積み上げられた部屋を眺《なが》めてからリビングへ行く。

仲良く並んでソファに座りメロンを食べている両親のソファへ近づいた。

「あなたの分も冷蔵庫にあるから持ってくるわね」

「ううん。いいです。それよりも……照れくさいですが、ご挨拶を……」

母がソファを立とうとするところを引き留める。

「彩葉、座りなさい」

緊張した面持ちで対面のソファに腰を下ろす。

「準備は済んだのか？」

「はい、終わりました。お父さん、お母さん、今まで育ててくださりありがとうございました」

大事に育ててくれた思い出が脳裏をよぎり、涙が出そうだ。

「これからは理人君と幸せな家庭を築きなさい。私たちはいつまでも彩葉の父と母だ。何かあったら頼りなさい」

「ありがとうございます」

「彩葉、本当に素敵《すてき》な女性になったわ。ダイエットや教養、理人さんにふさわしくなれるように頑張ったものね」

「お母さんの手助けがあったからです」

「お父さん、寂しくなるわね」

母も瞳を潤ませている。

「ああ。だが、いつまでも家にいられても困るだろう」

そう言って、父は皺のある顔を緩ませる。

「孫の朗報を待っているよ」

「え？　お父さん、七海さんにもうすぐ生まれるのに……」

「そうですよ。あなた、新婚生活を楽しまないとね」

戸惑う私に母が援護してくれた。

だけど、ふと思う。

新婚生活を楽しみたいが、理人さんは私とひと回り違う。早く赤ちゃんがほしいかもしれない。

その後、最後の夜がもったいなくて、両親といろいろな話をした。

ようやくベッドに横になろうとしたとき、スマートフォンが着信を知らせる。

画面に出た理人さんの名前に、笑みを深める。

通話をタップして電話に出る。

「彩葉です」

《とうとう明日だな。俺はうれしいが、ご両親は寂しいだろう》

「理人さんと幸せな家庭を築きなさいと父から、母からは新婚生活を楽しんでねと言ってもらえました」

《ああ、幸せな家庭を築こう、彩葉。明日、出口で待っている》

「はい。あの、理人さん……」

赤ちゃんの話をしようと思ったが、今、電話で聞かなくてもいい。

《なんだ?》

「あ、いえ。会ってからで大丈夫です」

《わかった。じゃあ、おやすみ。ちゃんと休むんだよ》

「はい。おやすみなさい」

通話が切れた。

ニューヨークの時刻は朝九時前で、おそらくオフィスの執務室からの電話だ。

理人さんに会えるうれしさと、とうとう巣立ちの日がやって来る寂寥感で複雑だった。

九、ニューヨークでの新生活

四月下旬、十時過ぎのフライトに間に合うように余裕をもって羽田空港へ向かった。

空港で見送ると言う両親と兄夫婦に、しんみりするのは嫌だから送らないでいいと理解してもらい、ひとりタクシーに乗って羽田空港に到着した。

旅客機のシートに座り離陸後しばらく家族と別れた悲しみに襲われたが、ニューヨーク・ジョン・F・ケネディ国際空港に到着する頃には、気持ちを新たにこれから頑張ろうと前向きになった。

この先に愛している人が待っている。

空港に到着したのは朝の九時。

人の流れに沿って出口に向かうと、約束どおり私を待っている理人《りひと》さんの姿が目に入った。

白のシャツとジーンズのカジュアルな格好で、空港を出てくる人たちに視線を向けている。

すぐに私に気づいた理人さんは足早に近づいてきて、周りの人たちのように私をギユッと抱きしめた。

「おかえり。俺の奥さん」

「た、ただいま」

お、奥さん……。

とても照れるワードに、頬に熱が集中してくる。

「これからよろしくお願いします」

頭を下げると、理人さんは私のおでこを軽く押す。

「今さら何を言っているんだ。行こう。車を待たせている」

当座必要な物を詰めてきた二個のキャリーケースを引いて歩き出した理人さんは、ふいに立ち止まって私を見下ろす。

「奥さん、これからよろしく」

端整な顔に笑みが浮かび、その表情に鼓動がドクッと跳ねた。

迎えの高級車の前に運転手が待っており、理人さんからキャリーケースを預かるとトランクにしまう。

後部座席のドアを開けた理人さんに促され、車の中へ乗り込む。彼も隣に腰を下ろしすぐに左手を握られる。

そんな些細なことでもうれしい。

車はマンハッタンに向けて走りだし、途中目に入ったのは桜の木に身を乗り出す。

「あ、桜……」

「ああ、こっちはまだ三分咲きくらいか」

「理人さんと満開の桜を見に行きたいです」

忙しいと思うが、少しわがままを言ってみる。

「もちろん、見に行こう。それから事務所や仕事関係者に彩葉《いろは》をお披露目したい」

「え？　お披露目を？」

「ああ。近いうちにパーティーを開こうと思っている。どんなパーティーがいいか考えてくれるか？　ホテルのボウルルームを貸し切るのはつまらないだろう？」

「それはそうですが……私はこっちに不慣れで……」

「アイデアが閃《ひらめ》かなければ、コーディネーターをつけるよ」

さっそく妻としての役目だ。

フィニッシングスクールでほんの少し習ったとはいえ、パーティーのホステスを勤めるのは未経験なので、ちょっと不安だ。

でも、理人さんの妻ならば、こういった機会も今後増えていくだろう。

頑張ろう！

「わかりました。考えてみますね」

にっこり笑みを浮かべる私に、理人さんは満足そうに頷《うなず》いた。


二カ月前、傷心であとにしたレジデンスの部屋に到着すると、懐かしい気持ちに襲われた。

窓辺に近づき、セントラルパークを見下ろしてみる。

枯葉ばかりだった樹木は緑色に変わっていた。

そこへ理人さんの腕が腰に回り、こめかみにキスが落とされる。

「いつ見ても素敵《すてき》な眺《なが》めですね」

「ああ。だが、ここは少し高所すぎるな。今度は三十階ほど低くなるから、もっと近くに見えるはずだ」

新しい住居は、私が前回来たときに泊まったホテルのレジデンスに決定したようだ。

「あのホテルのレジデンスに……？」

理人さんの腕の中で振り返り尋ねる。

「来月末に引っ越しをする。ここより一部屋多くなるが、郊外へ行かない限り広い部屋は望めないんだ」

「私は理人さんと一緒ならどこへ行ってもかまいません。それがワンルームだとしても」

「あまりにも可愛いことを言うから、彩葉……君がほしくなった」

抱きしめられたと思ったら、彼の唇がおでこに触れる。そこから理人さんの唇は顔中にキスを降らせる。

もっとたくさんキスしてほしい。

誘うように薄く開いた私の唇を彼は塞《ふさ》ぐと、ソファに押し倒された。

「思春期のガキみたいに彩葉を愛したい気持ちがおさまらない」

「あ……私、十三時間も飛行機に。シャワーを」

「却下。今すぐに彩葉がほしい」

「んっ……」

ずっと疑問に残っていたことがあって、こんなときなのに口を開いた。

「理人さんっ、私があのままの体型だったら？　私を愛するようにはならなかったですよね……？」

鎖骨の辺りに口づけていた理人さんは顔を上げて、私を見つめる。

「言っただろう？　君は若いから、まだまだ結婚に縛られずに色々なことに目を向けてもらいたかったと」

理人さんの答えに満足できずに、首を左右に振る。

「太っていたままだったら――」

「たしかに、星乃亜《ほしのあ》のフリもできないし、また違った出会いをしていただろうな。妻をひとりホテルに泊まらせることはしなかったはずだ。だから帰国までの期間、俺たちは距離を縮めていたはず」

たしかに……彼の性格だったら、この部屋に泊まるように言っていただろう。

「理人さん……、でも、愛は？」

「すべては想像でしかないが、俺は彩葉の性格が好ましく、一緒にいて居心地のいい存在なことに変わりない。彩葉は俺のためにダイエットを頑張ったんだろう？　努力家で心が綺麗で。俺を全力で支え愛してくれる君に、きっと恋をしていただろう」

「そう言ってもらえてうれしいです。考えてもしかたがないのに、心の片隅にいつもあって。でもこれですっきりしました。私は理人さんに振り向いてもらいたくて頑張ったんです。それが今ある現実ですものね」

過去に疑問を持って囚《とら》われても仕方がない。あの頃があって、現在の私があるのだから。

笑みを浮かべる私に、理人さんの口角がグッと上がる。こういうときは、何か企んでいるとき。

「ああ。俺の愛を確かめるのなら、元に戻ってみるか？」

「えっ？　い、嫌ですっ。ダイエットは本当に苦労したんですよ？」

ふいに理人さんは真面目な顔になって、私との距離をグッと顔を近づけさせる。

「自信を持って誓う。どんな彩葉でも愛している」

「理人さん……」

真剣な眼差《まなざ》しで見つめられ、トクンと鼓動が高鳴った。

「存分に愛させてくれ」

理人さんの唇が甘く私の唇に重なり、長い時間をかけて、愛されていることを心にも体にも教え込まれた。

月曜日、理人さんはオフィスへ出勤するが、相変わらずホテルからのルームサービスで朝食を食べている。

「理人さん、明日から私がお料理します」

「そんな面倒なことを？」

ひと口飲んだコーヒーカップをソーサーに置いて、理人さんは肩をすくめる。

「面倒じゃないです。妻として当然です」

「妻の役目は朝まで俺に抱かれて眠ることだ」

理人さんの持論に目を丸くする。

「で、でも。普通の主婦はそうしています。それくらいはやらせてください。じゃないと、何をすればいいのか……」

「……わかった。それなら引っ越しをしてから頼もうか」

引っ越しは今月の最終土曜日だ。私はホッとして頷いた。

「それと、パーティーですが、桜の木がたくさんあるガーデンでパーティーはできないでしょうか？」

「桜か……」

「なければいいのですが、日本庭園みたいなところがあるといいなと思って。お着物を持って来ているんです」

こちらに来るにあたり、キャリーケースをふたつ持ってきたが、あとの荷物はのちほど到着する予定だ。キャリーケースに桜色の着物と付属用品が入っている。

「着物か……彩葉が着ているところを見たい。招待客には日本人以外も呼ぶ予定だから、それもいいな。確認してみる」

そういえば、卒業式のときは理人さんと離婚すると思っていたので、袴姿でたくさん撮った写真を見せていなかった。

だが、今はもうすぐ家を出る時刻になるので、後で見てもらおうと、「はい」と頷くだけで終わらせた。

その週の半ば、星さんに電話をかけてみた。

《彩葉さんっ、電話をくれたってことはこちらに来ているのね？》

「はい。理人さんと結婚生活を始めました」

《おめでとう！　お時間があれば明日、ランチしない？》

「ぜひ！」

私たちは明日十一時三十分に、エンパイヤ・ステートビルから二ブロックほど離れたマディソン・スクエアパーク近くのレストランで待ち合わせをした。

理人さんは忙しい時期なのか、毎日の帰宅は二十三時を回っている。私ひとりならルームサービスを取らず、近くにあるスーパーで食べたいものを買って夕食をすませていた。

こちらのスーパーはキッチンを使わなくていいほど、調理された料理がグラム単位で選べて、種類も豊富。

ピザやお寿司などもあり、カットフルーツなども選り取り見取り。

好きなものを選んで食べていたら、また太ってしまうかもしれない。レジデンスのジムを使えるが、ひとりの夕食時はサラダやフルーツを食べて炭水化物は控えている。


その夜、日付が変わる直前に理人さんは帰宅した。

「おかえりなさい。お疲れさまでした」

「ただいま」

玄関で抱きしめられて、おでこにキスが落とされる。幸せな新婚生活とはこんな温かくてドキドキする雰囲気《ふんいき》なのだろう。毎日が喜びに満ち溢れている。

ベッドルームへ足を運びながら、理人さんが口を開く。

「そうだ、彩葉。ニューヨーク近郊の屋敷と庭を借りられることになった。親日家の主が日本庭園を造ったらしい」

「本当ですか⁉　お仕事が忙しいのに、捜してくれてありがとうございます」

「週末に見に行こう。桜はあるかまだ確認できていないが。じゃあ、風呂に入って来る。先に寝ていろよ」

私をベッドルームに残し、理人さんは着替えを持ってドアの向こうへ消える。

先に寝ていろよと言っても、私は一日中遊んでいる暮らし、理人さんは一日中仕事をしている。何かしてあげたいと思うのに、思いつかない。

ベッドの端に座って考えること、数分。

「そうだ！　あれをすればいいんだわ」

ポンと手を打って、理人さんが現れるのを待った。

数分後、彼が寝室に現れる。

「寝ていなかったのか」

「理人さん、うつ伏せで寝てください」

「うつ伏せ？」

「はい。マッサージさせていただきます。どうぞ」

彼が困惑するところを見るのは初めてだ。

その様子を楽しみながら、ベッドにうつ伏せになってもらう。

まず寝そべった理人さんの隣に座り肩を揉む。だが、筋肉質の肩を揉むには体勢が悪く力が入らない。

「失礼します」

彼の腰の辺りに跨《また》ぐように乗っかり、再び肩をマッサージする。

「理人さん、気持ちがいいですか？」

肩から背中を手首に近い部分でぐりぐり動かし、腰の方へ移動させていく。

「気持ちいいが……」

突然、理人さんが体を起こす。その拍子に私の体がグラリと揺れたが、気づけば彼に組み敷かれていた。

「え……？　理人さん、どうしたんですか？」

顔が近づき、当惑した瞳を向ける。

「どこでこんなマッサージを？　誰かにしたことがあるのか？」

怒っているみたい……なんで？

「パーソナルジムに通っているとき、首から背中を痛めたことがあって、マッサージを受けたので、見よう見まねで……こんなことする相手は、理人さんだけですよ？」

「それなら良かった。君みたいな子がなぜマッサージの仕方……男の上に跨がるやり方を知っているのか嫉妬したよ」

「もうっ、理人さん。そんな相手はいたことないですから。嫉妬してくれるのはうれしいですが」

理人さんの首に腕を置いて引き寄せる。そして自分からキスをした。

「彩葉から誘いとは、成長したな」

「はい。良い先生がいますから」

理人さんはクッと笑う。

「挨拶程度のキスで誘惑なんてまだまだだな。良い先生は主導権を握りたがるんだ」

誘惑していたはずの私の唇は、理人さんの唇に甘く塞がれた。


星さんとの待ち合わせの時間に合わせて、タクシーで約束の場所に向かう。

レストランへ到着すると星さんが待っていて、再会のハグをする。こうしてハグをするのは、こちらの生活が長いのだろう。

「三カ月ぶりかしら」

四人掛けのテーブル席の椅子《いす》に腰を下ろした星さんが笑みを浮かべる。

「そうですね。お元気でしたか？」

「ええ。彩葉さんはあの頃の沈んだ表情から一転、明るく清々しい顔になっているわね」

星さんに最後に会ったときは不安でいっぱいだったから、自分で思い出してみても暗い顔をしていたと思う。

ランチをオーダーしたあと、私の正体はディナーの頃にはバレていた話などをし、誤解も解けて今は最高に幸せだと口にすると、自分のことのように彼女は喜んでくれた。

そこへ、アンガスビーフ百パーセントのパテと野菜が積み上げられたハンバーガーやフライドポテトが運ばれてきた。

ハンバーガーは高さがあり、大きな口を開けても食べられず、ナイフとフォークを使うことにする。

「彩葉さんは品があるのよね。篠宮《しのみや》様とは政略結婚のようなものでしょう？　家柄がいいのね」

「理人さんのお父様が父の貿易会社の顧問弁護士で、ご縁があったんです。星さんはずっとニューヨークにお住まいなんですか？」

「大学でこちらに来てからずっといるわ。最初の就職先は銀行だったのよ？　四年ほど働いたの」

星さんの今のお仕事は口にするのを控える。交際クラブはいわば水商売。そんな生活を続けていいのか気になるところだが、聞くことなんてできない。

「おいしいですね。ニューヨークで食べたハンバーガーで一番です。ポテトも」

「そうなの！　彩葉さんに食べてもらいたいと思っていたの」

星さんは素敵な人だ。友達でいてほしい。

「これからも、他におすすめのレストランへご一緒させてください」

「ええ。もちろんよ。平日はひとりで退屈でしょう？　あちこち出かけましょう」

食事を終えて別れたあと、タクシーに乗ってレジデンスの近くに戻って来た。

スーパーへ行って、今日の夕食を買うつもりだ。高カロリーのランチを食べてしまったので、夜は軽く済ませないと。

今夜も理人さんは遅いと言っていた。

私がここで仕事ができるわけじゃないけれど、ずっとこんな生活をしているのも良いはずがない。

理人さんの時間ができたら話をしてみよう。

そう考えていたが、週末は理人さんに仕事が入ってしまい、ふたりののんびりした時間が取れなかった。

月曜日の夕方、ニューヨーク郊外にある、パーティー用にレンタルする日本庭園と家屋の写真がスマートフォンに送られてきた。

庭園に桜の木が何本か植えられているようで、写真を見ると七分咲きくらいだろうか。

桜の花が咲いている時期は無理ね……。

そう思ったとき、再び理人さんからのメッセージを受信する。

【パーティーは今週の日曜日、十八時からになった】

「え？　今週？」

驚いて思わず声を上げてしまう。

「招待状やお料理は……？」

理人さんがそう言うのだから問題はないのだろうが、あまりに期間が短くてびっくりした。

忙しいのに大丈夫なのかな。

でも、きっと桜が散らないうちに無理を押してパーティーをプランニングしてくれたのだろう。

私は着物を着るけれど、理人さんは何を着るのかしら？　こういうときは、妻が準備しないとね。

広々としたウォークインクローゼットには、理人さんのスーツがシーン別にズラリと並んでいる。

観劇のときの理人さんのタキシード姿は見目麗《うるわ》しくて、とてもかっこよかった。

その夜は十九時に理人さんは帰宅した。

ホテルのイタリアンレストランからのルームサービスを食べながら、パーティーの理人さんの服装やその他の手配などを尋ねてみた。

「招待状やケータリングの手配などは秘書がやるから問題ない。俺は黒のスーツでいい。今ある中から探してくれないか？」

「タキシードじゃないんですね？」

もう一度あのときの姿を見たいと思っていたので、少しがっかりだ。

「ああ。彩葉にはネクタイを選んでほしい」

「いいんですか、私に任せて？」

すでに私の脳裏には着物と同じ桜色のネクタイが浮かんでいる。理人さんのワードローブを確認してみよう。なかったら探しに行こう。

「もちろんだ。どんなものでも文句は言わない」

「わかりました！　任せてください」

にっこり笑みを向けて、魚介類のカルパッチョを口に運んだ。


翌日、理人さんのワードローブに私が思っている桜色のネクタイがなかったので、デパートへ赴き探し歩いた。

希望の色のネクタイはなかなか見つからず、翌日も探した。

微妙な色合いの薄いピンク色がなく、あるのはビビッドなピンク色ばかり。

めぼしいデパートや五番街のブランド店を探し尽くし、木曜日、桜色より少しピンク色が強いが一番私の着物の色に近い綺麗なネクタイに決めた。


日曜日がパーティーだが、特に私がやることもなく、土曜日になった。

「桜を見にセントラルパークへ行こうか」

理人さんの提案にすぐさま頷く。

桜はすでに満開だ。ひとりでセントラルパークを散歩もしていたが、毎日ソファに座り遠くの白っぽく見える木々を眺めていた。

「はいっ、行きたいです」

私がこちらに来てから、理人さんは忙しく、こういった時間を取れなかったのでうれしい。

歩きやすいスニーカーを履き、ふたりともセーターにジーンズといった格好で、セントラルパークへ向かった。

桜はセントラルパークの中ほどにあり、いくつかの種類があるようで、濃淡の色合いで楽しませてくれる。

「綺麗ですね」

「ああ。ここに何年も住んでいるが、こんな風に桜を愛でるのは初めてだ」

「私と一緒のときが初めてでうれしいです」

そう言うと、理人さんは私の顎を長い指ですくい唇を重ねる。

「り、理人さんっ、こんなところで……」

「周りを見てみろ。これくらいのキスはたいしたことないだろう?」

理人さんに言われてみて、周りに目を向けると、あちこちにカップルが座って楽しそうに顔を寄せ合い話をしている。

人目をはばからずに何度もする濃厚なキスを目にして、慌てて理人さんへ顔を向ける。すると、彼は楽しそうに笑う。

「顔が赤いぞ」

「も、もうっ、他の場所の桜を見に行きましょう」

意地悪に笑い、からかってくる理人さんの手を引いて歩き出した。


翌日、私はメイクをしたあと自分で髪を結い、桜色の訪問着を着付けた。

髪を結うのは何度か練習をしていたので、なんとか結うことができた。

パウダールームの鏡に映る自分の姿を細かくチェックして、着物用の西陣織のクラッチバッグを持ち、リビングで待つ理人さんの元へ行く。

理人さんは光沢のあるペイズリー柄のシルバーのベスト、それに桜色より少し濃いめの色にシルバーの柄が入ったネクタイを身につけており、ソファにゆったり足を組んで座るその佇《たたず》まいに見惚《みと》れてしまう。

「お待たせしました」

タブレットから顔を上げた理人さんはそれを置いて腰を上げた。

「綺麗だ。着物姿もよく似合っている」

軽くおでこに口づけを落とされる。

理人さんはソファの背に掛けていたスーツの上着に袖を通した。

「出掛けよう」

「はい」

金糸で織られた帯は太鼓結びにし、御所車や扇など格調高い文様が施されている。

帯より少し上の背に手を置いた理人さんにエスコートされ、玄関に歩を進めた。


会場は車で四十分のところの閑静な住宅街。

広い敷地の一角に日本庭園と広いパーティールームがあり、そこに五十人ほどの招待客が集まった。

日本庭園は小規模だが池があり、赤い欄干のある橋がかけられている。桜や季節の花も咲いていて、各所にライトアップがされてとても雰囲気が良い。

薄暗くなった頃、招待客が次々と到着して私は理人さんの横に立って出迎えた。

理人さんの法律事務所で働く方々は恋人や奥様を同伴し、私は彼らに紹介された。

その中に日本人はいなかった。

顔見知りのアンダーソン監督と奥様にご挨拶すれば、私の着物姿を褒《ほ》めてくれた。

その他にも驚くほどの著名人の姿に驚きを隠せない。

「理人さん、あの全米で有名なプロゴルファーの方も顧客なんですか？」

「そうだ。おかげでくいっぱぐれることがない」

彼は簡単に言って微笑む。あらためて理人さんの人脈に驚愕してしまう。

だけど、日本人の理人さんがアメリカで、ここまでの地位や人脈を築くことはきっと大変だったに違いない。

お客様たちは庭園や一流ホテルからのケータリングの料理を楽しんでくれているようだ。その様子にホッと安堵する。

パーティールームに熱気がこもっているみたいで、理人さんが同年代の男性と話をしている間に、ひとり涼みに庭園へ出た。

ニューヨークにこんなに〝和〟を感じられるなんてうれしい。

桜の木は風が吹くたびに花びらが散って、それがライトでより美しく舞っているように見える。

「きれーい」

日本語で思わず感嘆のため息を漏《も》らしたとき、ひとりの女性が私の方へ近づいて来た。

彼女には見覚えがある。ブルネットの髪にキャリアウーマン風の女性だ。

『私はあなたが偽物の妻だって知っているのよ？』

『え？　偽物？』

あのとき、レストランで理人さんは事務所の弁護士だと言っていた。

彼が別の女性を手配したことを知っていて、私を偽物だと口にしているのだろう。

『何を言っているんですか？　私は篠宮理人の本当の妻です』

『嘘《うそ》をつかないで！　あなたが邪魔なのよ。消えて』

この人は頭がおかしいのだろうか？

困惑して女性を見つめていると、彼女が手を振り上げながら私に向かって一歩踏み出した。

ちょ、意味がわからないっ。

招待客なので下手なことはできずに一歩下がるが、すごい顔で詰め寄ってくる。

平手打ちをされるのを覚悟したとき、女性の腕が男性に掴《つか》まれた。

彼女の背後へ視線を向けると、理人さんだった。

『俺の妻に、いったい何をしようとしている？』

理人さんは、ブルネットの女性に厳しい表情で言い放つ。

とたんに、彼女はサッと顔色を変えた。

『わ、私は……』

理人さんの手が離され、口ごもる彼女は、先ほどとは打って変わって気が弱く見える。

『君とは話し合う必要があるようだな。明日の朝、オフィスへ来てくれ』

理人さんは辛辣《しんらつ》な口調で命令し、彼女は真っ青な顔で去って行った。

「彩葉、大丈夫だったか？　すまない。彼女の様子に気づくべきだった」

「あの人は……どうして……？」

理人さんと関係があって、私が邪魔になったとしか思えない。

「付き合っていたのでは……？」

「いや、それはない。勝手に思い込んでいただけだ。何度も断っている」

「あの人、星さんに頼んだことを知っていたんです。だから私を偽物の妻だと……」

「案件が絡んでいたからな。事務所の一部のスタッフは知っている。ホテルのレストランで食事をしているところを見られ、今日も同じ女性だったから思い込んでしまったんだろう」

まだ困惑している私の頬に理人さんの手のひらが触れる。

「大丈夫か？　少し休む？　パーティーはあと一時間くらいだ」

憂慮する瞳で尋ねられて、頭を横に振る。

「平気です。驚いただけと……」

「驚いただけと？」

「やきもちを妬《や》いたんです。あの女性と理人さんに何かあったんじゃないかって」

私が頬を膨らませているのに、理人さんの口元に笑みが広がる。

「笑わないでくださいっ」

「いや、やきもちを妬かれて、こんなにうれしい気持ちになるとは思わなかった。彩葉、愛している。君だけだ」

思いがけなく愛の告白をされて、顔がいっきに熱を帯びた。耳朶に指先で触れると、熱かった。

会場に戻ったが、その後、理人さんは私から離れず、ゲストと話をたくさんしてパーティーは成功に終わった。

五月の半ば、日中の気温は二十度くらいでジーンズにシャツ一枚でも過ごせるようになった。

驚くことに半袖の人をよく見かける。

星さんとは何回か会って一緒に食事をしている。

イタリアンレストランで会っているとき、パーティーで私をまだ星さんだと思っている事務所の女性がいたと話すと、彼女は愉快そうに笑った。

「そんな弁護士が在籍していて大丈夫なのかしら。モテる旦那様がいると大変ね」

「実は翌日に辞めたそうです」

理人さんは自らが辞めたと言っていたけれど、本当のところはわからない。

「それだったらいいけれど……」

「はい……。あ、話は変わるんですが、どこかお勧めスポットはありますか？」

「お勧めスポット？」

トマトクリームのパスタをフォークでくるくる巻いていた星さんは手を止めた。

「理人さんに、どこへ行きたいか尋ねられたときに答えられるようにと思いまして」

「ふふっ、本当に愛されているのね。うらやましいわ」

星さんはいくつかのお勧めスポットを教えてくれた。

理人さんが仕事に出ていると時間が経つのが遅く感じるが、星さんと会っているときはあっという間に時間が過ぎる。

彼女の仕事の時間は決まっておらず、依頼によってまちまち。夜の同伴の方が多く出張同伴がない場合は、高級クラブでお客様を接客しているそうだ。

その仕事の良し悪しを私が決めることではないが、物価の高いニューヨークで生活するには、高い収入がなければ大変なのかもしれない。

月末には引っ越しがあるので、家にいるときは理人さんの服などを段ボール箱に詰める作業を進める。だけど、元々余計なものはあまりないので、数日で荷造りは完了してしまう。

すでに新しい家の鍵をもらっているので、掃除に行ったり、ちょこちょこっと手に持てる荷物を運んだりしていた。

ひとつ部屋が多くなったので、一部屋使うように理人さんから言われているが、仕事を持っているわけでもないので必要なく、将来子供が生まれたら使えばいいと思っている。

「さてと、キッチン用品を買いに行こう」

食器は理人さんと一緒に選びたいが、細々としたキッチン用品はシンプルなものを選んでスッキリさせたいので、自分ひとりでも決められそうだ。

五月の最終土曜日、セントラルパークにより近い五つ星ホテルの階上にあるレジデンスの部屋に引っ越しが終わった。

以前の部屋は八十階と、かなり上からセントラルパークを見下ろしていて人がミニチュア人形のように見えたが、こちらはそこよりは低い建物なので、歩いている人の顔がまあまあ見える。

「理人さん、今夜は引っ越しそばを作りますね」

昨日、日本の食材が売っているお店で乾麺のそばなど、必要な物を購入していた。

時刻は十五時を回ったところだ。

「引っ越しそばとはいいな。楽しみだ」

「はい。私は荷物の整理をしているので、理人さんはご自分の書斎を片付けてくださいね」

家具はすべて新しくしたので、引っ越しは楽だった。これから段ボール箱に詰めた服などをウォークインクローゼットに整理をしなくては。

「ちょっと待て」

「え?」

呼び止められた私の体が背後からふわりと抱きしめられる。

「ど、どうしたんですか?」

「早々に俺を書斎に追いやりたいのか？」

首筋に彼の唇が当てられて、体が疼き始める。理人さんに触れられるたびに体はすぐに反応してしまい困ってしまう。

「あ、明日はお仕事ですし……」

「片付けは、ゆっくりやればいい」

欲望を孕《はら》んだ声色に、心臓がドクンと跳ねる。次の瞬間、体がふわりと浮いた。

「え？　きゃっ」

お姫さま抱っこをされて寝室に運ばれる私は、理人さんのキスに早くも夢中になっていた。

十、理人さんの懸念

順風満帆な毎日を送り、六月が終わろうとしている。

上旬は雨が多かったが、すでにこちらの人たちは夏が訪れている気分のようで、Tシャツに短パンなどの軽装が目立つ。

私も普段はTシャツに綿のスカートや、ノースリーブのワンピースなどを着ている。

そんなカジュアルな格好で市場へ行き、新鮮な食材を買いに行く。

お肉の種類やチーズなどの種類は日本のスーパーよりも多く、新しい味の発見などもある。

新しいキッチンでバランスの取れたお料理を心掛け、理人《りひと》さんに振る舞うのが今の一番の楽しみだ。

理人さんも喜んでくれるが、週末は料理を作らずにホテルのルームサービスや外食するルールになっている。

ドレスアップしてホテルのレストランへ赴き、おいしい料理を堪能する生活は、とても贅沢《ぜいたく》だけれど私はうれしい。

理人さんとデートをしている気分に浸れるから。

七月の週末、理人さんにどこへ行きたいかを聞かれて、星《ほし》さんのお勧めスポットのコニーアイランドを口にする。

「コニーアイランドか」

理人さんは少し表情を曇らせる。

「ダメ……ですか？　他のところでもいいです」

「いや、楽しめると思う。行ってみよう」

理人さんがなぜ表情を曇らせたのか、コニーアイランドに到着してからわかった。

海が目の前に広がり、ビーチの隣にボードウォークと言われるカラフルな看板の店舗が立ち並び、観覧車やジェットコースターがある遊園地がある。

すぐ近くには住宅の建物が密集しており、この土地は各国からの移民が多いと理人さんが教えてくれる。

彼の表情が言わんとしたのは、ニューヨーク中の人たちがいっせいに集まって来たのではないかと思われるほど多くの人で賑《にぎ》わっていて、ビーチはイモ洗い状態だったことだ。

目的はビーチではないので、そういった光景も目を楽しませてくれるが、日頃、人並み以上に神経を使う仕事をしている理人さんは、リラックスした気分になれないかもしれない。

「ごめんなさい。混んでいるのがわかっていたんですね」

「まあな。だが、海に入るわけじゃない。ボードウォークの絵や店を除くのも楽しいだろう」

手を繋ぎながら、遊園地の方へ足を運ぶ。

「どうしてここに来たいと？」

「星さんにお勧めスポットを教えていただいたんです」

遊園地の方へ歩を進めていた理人さんの足が止まり、私を見下ろす。

「星さん？　星乃亜《のあ》のことか？」

「はい。先日ランチをしたときに聞いてみたんです」

「彩葉《いろは》、彼女と交流があるのは知っていたが、あまり関わってほしくない」

いつになく厳しい顔つきになる理人さんに困惑する。

「たしかに彼女のお仕事は……でも、とても素敵《すてき》な方なんです」

「交友関係を狭めるつもりはない。彼女の人となりはそうなんだろう。だが、君とは住む世界が違うんだ」

言葉を選びながら諭《さと》す彼だが、ニューヨークで理人さん以外に色々話せる友人なのだ。星さんとの連絡を絶つのは寂しいし悲しい。

「彩葉？」

「……わかりました。よく考えますね」

「すまない」

理人さんの唇が宥《なだ》めるように髪に落とされた。

遊園地内へ入ったが、それを遠くから見たときのワクワク感が先ほどの話で失われて、気になった乗り物の前で立ち止まるも乗らずにそこをあとにした。

ボードウォークに足を運び路面店ものぞくが、特に興味の惹《ひ》かれるものはなく、歩き食べをしているカップルが手にしているホットドッグに目が留まる。

「食べるか？」

「はいっ」

お昼にはまだ一時間ほど早いが、重苦しい空気を断ち切りたくて、にこっと笑みを向ける。

名物のホットドッグとビールを理人さんが買ってくれ、店の外にある簡易テーブルの椅子《いす》に腰を下ろし食べ始める。

「いただきます」

私のビールはオレンジ風味のもので、飲みやすくおいしい。

ホットドッグもソーセージが大きくて、ジューシーな味わい。潮風にあたりながらの食事は特においしく感じられる。

「……理人さん、ここに来られて良かったです」

「ずっと家にいるから気分転換も必要だよな」

「気分転換だなんて……今の生活で幸せです」

まだ星さんのことでぎこちないが、楽しんでいることをわかってもらいたかった。

「バカンスに連れて行ってあげたいが、今は仕事が山積みなんだ」

「理人さんの気持ちはわかっていますから。働いてくださるおかげで、私は贅沢させてもらっていて感謝しています」

対面に座る理人さんは、プラカップに触れている私の手に手を重ねる。

「贅沢なのかはわからないが、彩葉には日々楽しく過ごしてほしいと思っている」

「日々楽しく過ごしていることは、自信を持って言えます」

「やりたいことを見つけるのもいいんじゃないか？」

　そう言ってゴクゴクとビールを喉に通す。その姿がとても絵になっていて、おいしそうに見える。

「あの、赤ちゃんのこと……どう思っていますか？」

　こんな会話、日本だったら周りの目が気になってできないけれど、周りは全員が外国人なのでこのタイミングで聞いてみる。

「彩葉はどう思っているんだ？」

「私は、理人さんの年齢を考えるとほしいのかなと」

　ふいに彼はおかしそうに笑う。

「俺をおじさん扱いしているな？」

「え？　そ、そうじゃなくて、理人さんは十分若いです」

　頭をプルプルと左右に振る。

「取り繕わなくていい。俺の年齢を考えると、と言っただろう？」

「理人さん……」

「正直言えば、親父たちから孫の顔が見たいと期待されている。だが、彩葉はまだ若い。赤ん坊に縛られることもないと思う」

彼は私を第一に考えてくれている。うれしいが、私も理人さんを第一に考えたい。

「……それなら、私は理人さんの赤ちゃんがほしいです」

「本当に？」

「はい。若いママになるのもいいなって。あ、理人さんがおじ――」

「わかった、わかった。気を使わないでいい」

理人さんは楽しそうに笑い、私もつられて笑い声を上げた。

ビールがなくなりホットドッグを食べ終わると、再び遊園地へ向かった。

ボールゲーム対決をしようということになったのだ。

数人が並んで、ボールを一番多く入れた人が一位で商品をもらえるというものだ。

私と理人さんを含めた五人でボール入れが始まったが、私はビリで、理人さんが一位。

悔しがる私に、理人さんが苦笑いを浮かべながら肩をすくめる。

「五位か。相手にならないな」

「もうっ」

「ほら、ぬいぐるみを選べよ」

若い男性スタッフが、壁に並べられた抱えるくらい大きなぬいぐるみのどれにするか、選ぶのを待っている。

『じゃあ……うさぎを』

ピンク色のうさぎをスタッフに頼む。男性スタッフがピンク色のうさぎを取って私に差し出す。

『どうぞ、あなたのように可愛いうさぎです』

『ありがとうございます』

英語でお礼を伝え、ピンク色のうさぎを抱きかかえて隣に立つ理人さんを見上げる。

「理人さん、ありがとうございます」

「どういたしまして。さあ、行こうか」

彼は私の背に手を置いて、その場を離れる。

「今日は嫉妬してくれないんですか？」

「嫉妬？　誰にだ？」

知らん顔を決め込む理人さんに、頬を膨らませる。

「あのスタッフにです。うさぎを渡すときに、『あなたのように可愛いうさぎです』って言っていたじゃないですか」

「あれくらいでは嫉妬はしない。なんだ、嫉妬してほしいのか？」

理人さんが突として立ち止まり、体を屈《かが》めて私と目と目を合わせる。その口元はおかしそうに緩められている。

「はいっ、嫉妬してほしいです」

「はあ……まったく。彩葉が可愛すぎて早く家に帰りたくなる」

そう言って理人さんは唇を重ねる。

「まだお昼ですよ。もう少し歩きましょう。ボードウォークの絵が見たいです」

私はうさぎを体の前で抱え、理人さんを促した。


海辺で休日を過ごした日から数日が経ったが、あのときの理人さんの言葉がずっと気になっていた。

星さんと付き合わないでほしいと言われたことだ。

「清廉潔白な弁護士の理人さんの考えはもちろんわかるけれど……」

リビングのソファに座って、アイスコーヒーをひと口飲みながら独り言ちる。

日中の夏の日差しの下、セントラルパーク内を歩いたり、寝そべったりしている人を部屋の窓から眺《なが》めて、重いため息が漏《も》れた。

星さんからランチに誘われたら、断れないよ……。

そういうときに限って、星さんからランチのお誘いメッセージが届く。

私は暇人だから断る理由を探すのに苦労する。

本心は星さんと楽しいランチの時間を過ごしたい。けれど、理人さんの言葉も尊重しなくてはならない。

以前、星さんの会社に依頼したのは、何かの案件があって……と、言っていた。

仕方なく、夏風邪を引いてしまったのでと断りのメッセージを打って星さんへ返信した。

そんな折、凪子《なぎこ》がニューヨークへ遊びに来るという連絡が入り、飛び上がるほど喜んだ。

彼女の予定は、七月最終週の月曜日から五日間。

理人さんに話すと、ひと部屋空いているのでベッドを入れようかと言ってくれたが、
凪子からのメッセージは、

【新婚さんと一緒のところでは……遠慮しまーす】

というものだった。気を遣わなくてもいいのに。

結局、凪子はレジデンスの下にあるホテルに滞在することになった。

そして、待ちかねた日がやって来た。

「凪子――」

到着ロビーで続々と出てくる人波から、赤いキャリーケースひとつを引いて出てきた彼女を見つけて呼ぶ。

凪子はTシャツにジーンズ姿で、私はノースリーブの綿のシャツにジーンズでほぼ似ている。

それにスニーカー。ニューヨークを歩き回るのはこのスタイルが一番楽だ。

私を見つけた凪子が、キャリーケースを引き満面の笑みで駆け寄ってくる。

「彩葉～久しぶり～」

凪子と私はハグをして、約五カ月ぶりの再会を祝った。

「来てくれてうれしいわ」

「一週間の夏休みをもらって、どこへ行こうか考えるまでもなくニューヨークに決めたのよ」

空港の外へと足を運びながら、口は休むことを知らない。

あれこれ話をしながらホテルに頼んでいた送迎車に乗り、一路マンハッタンへ向かう。

「うわー、かっこいいわ！　ニューヨークはエキサイティングな街よね」

橋を渡り高層ビルがそびえたつ景色を車窓から見て、凪子はうれしそうだ。

「どこでも案内するからね」

「ありがとう。ニューヨークは初めてなのよね。頼りにしてる」

送迎車はホテルの前に到着し、運転手がトランクに入ったキャリーケースを出している間、ドアマンが後部座席のドアを開けてくれる。

車外へ出た凪子はセントラルパークの方を見ている。

「馬車だわ！」

「うん。よく走っているの。乗りたい？」

「え？　ううん。それよりもあちこちへ行きたいもの」

「ふふっ、じゃあ、チェックインしましょう」

私たちはホテルの中へ進み、フロントでチェックインをして部屋へ向かう。まだ午前中なので、アーリーチェックインをしてもらった。

部屋はツインルームで、セントラルパーク側。

凪子はトートバッグからショッパーバッグを出して私に渡す。

「はい。お土産。まあこっちにもあるかもしれないけど」

ショッパーバッグに入っていたのは〝くりむし羊羹〟だった。三本あり、私の好きなお店の物だ。

ダイエットをしてから、洋菓子よりも和菓子を好んで食べるようになっていた。

「ありがとう！　さすがにくりむし羊羹は見つけられていないの。大福やおはぎはあるんだけど」

探し足りないのかもしれないが、大好きなくりむし羊羹に笑みが深まる。

さっそく、タイムズスクエアなどの近場の観光地へ私たちは繰り出した。


凪子とホテルで夕食をふたりで食べ、彼女の部屋で話をしてから帰宅する。その二時間後、理人さんが戻って来た。

「おかえりなさい。お疲れ様です」

「ただいま。凪子さんと楽しい時間を過ごせたか？」

以前のレジデンスでは土足だったが、今回は玄関でスリッパに履き替えるルール。

理人さんは革靴から紺色のスリッパに足を入れて、私のおでこにキスを落とす。

「はい。話が尽きませんでした。理人さん、わざと遅く帰宅しているのではないですよね……？」

「もちろん。本当に忙しいんだ。俺にかまわずに出掛けて。ただし、気をつけるように」

「凪子が帰る前に、一度会ってほしいのですが」

「ああ。金曜日の夜に一緒に食事をしよう。彩葉、少しビールが飲みたい」

「すぐに用意しますね」

ネクタイを緩める仕草に見惚れそうになるが、にっこり笑ってキッチンへ向かった。

おつまみの三種類のチーズと作って置いた海老のマリネを用意して、冷えたグラスと缶ビールをトレイに乗せてリビングへ戻る。

「どうぞ」

Yシャツとスラックス姿でリラックスした様子の理人さんの隣に座り、グラスにビールを注ぐ。

「金曜日のお食事はどこにしますか？　予約を入れておきます」

理人さんはおいしそうにビールを喉に通す。

「いや、俺が予約するからいいよ」

「でも、お忙しいのに……」

「それくらいできるさ」

海老のマリネを口に運び、すぐに「うまい」と言ってくれる。

こんな時間が至福のときだ。

凪子の滞在期間、理人さんの帰宅は遅くて、ようやく対面できたのは彼女のニューヨーク滞在最終日。翌日に帰国する前日の夜だった。

老舗ホテルのレストランで、理人さんと十九時に待ち合わせをしている。

私と凪子は最後のディナーを楽しもうとおしゃれをした。ニューヨークでも最高級のホテルのレストランなので、もちろんドレスコードはある。

この時期の日没は二十時くらいなので、まだ外は夕方のような空が広がっている。こんな景色にも凪子は喜んでいる。

テーブルに案内されて着席すると、凪子が落ち着かなげに周りへ視線を動かした。

「どうしたの？」

「ん……こんなすごいレストランに圧倒されているし、彩葉の旦那様に会うのは初めてでしょ。なんだか緊張しちゃって」

凪子の笑い顔も、かすかにこわばっている。

「こんなすごいレストランって、凪子にはたいしたことないでしょう？」

「そんなことないわよ。ここ、あのセレブたちのテレビドラマにも出ていたし。来られて感動だけど」

凪子は私から背後に視線をやり、さらに背筋をピンとさせる。

「彩葉っ、めちゃくちゃ素敵な日本人男性が近づいてくる。旦那様よね？」

写真で理人さんを見せたことがあるが、凪子は確証が得られず私は振り返った。視線の先に理人さんを認めた。

「そう。大好きな旦那様よ」

そう言っている間に、理人さんはテーブルのそばに立った。

凪子が椅子から立とうとしているのを理人さんは「立たなくていいよ」と制して、彼は私の隣の席に腰を下ろす。

「はじめまして。彩葉の夫の篠宮理人です」

理人さんの挨拶を、ぼうっとして見つめていた凪子はハッと我に返る。

「さ、佐《さ》竹《たけ》凪子です……もう、びっくりです……」

実物にあてられた様子だ。

「この五日間、凪子さんのおかげで彩葉が楽しんでいて俺もうれしい。いつでもこちらに遊びに来てください」

「は、はい。そうさせていただきます」

こんな緊張している凪子を見るのは初めてだ。

「さてと、スパークリングワインを開けよう」

すかさずソムリエがやって来て、理人さんはお勧めのスパークリングワインの相談をしている。

「凪子さんはイケる口？」

「まあまあです」

「ということは相当飲めるな」

理人さんはそう解釈して、オーダーする銘柄のスパークリングをソムリエに伝えた。

すぐに運ばれてきたスパークリングワインで乾杯してから、アミューズに始まり、オードブル、スープ、魚、肉料理が完璧なタイミングで運ばれてくる。

凪子はおいしいフランス料理を堪能して、スパークリングワインのおかげもあり、すっかり楽しそうだ。

食事後、迎えの車に乗ってホテルへ向かうのかと思ったが、別の道を走っていることに気づき、隣の理人さんへ顔を動かす。

「どこへ……？」

「それは内緒だ」

理人さんは麗《うるわ》しい笑みを浮かべた。

私たちを乗せた車はヘリコプターの駐機場に到着し、キョトンと理人さんを見る。

降りるように促され、車外に出た私たちに理人さんが口を開く。

「ふたりで乗って来るといい」

「理人さんは？」

凪子のために遠慮しているのだろうか？　でも、そんな性格ではない。

「俺は車で仕事をしているから。それに俺はもう乗り飽きているんだ。楽しんでくるといい」

「う……ん。じゃあ、行ってきますね」

「篠宮さん、すみません。お言葉に甘えて行ってきます！」

「ああ、行っておいで」

私と凪子はスタッフに連れられ、ヘリコプターへ誘導されて乗り込んだ。

「うわっ、ドキドキしちゃう」

ヘッドホンをつけた凪子は興奮している。

「そうだね」

ヘリコプターでの夜景観覧はしたことがない。

上空から眺めるニューヨークの摩天楼《まてんろう》の夜景は、宝石箱をこぼしたみたいにキラキラしていた。とても美しく、こんなサプライズをしてくれた理人さんに私も凪子も感激していた。

「素敵な旦那様がいて、彩葉がうらやましいわ」

「私もそう思う」

「もーあてられちゃう。大学中は色々悩んでいたけれど、うまくいって良かったわ。彩葉、幸せだね。あ！　自由の女神！」

ライトアップされた自由の女神を眼下におさめ、夜の遊覧飛行を思う存分楽しんだ。

興奮冷めやらぬ凪子とホテルのロビーで別れ、私と理人さんはレジデンスのドアからエレベーターに乗り自宅へ戻った。

「理人さん、今日は色々とありがとうございました！　凪子がすごく喜んでくれて、私もうれしかったです」

「そう何度も言わないでいいよ。帰りの車中でも君たちの興奮が伝わってきた」

「はい。凪子と素敵な夜景を見て思い出になりましたが、今度は理人さんと一緒がいいです」

「ああ、わかった。今度はふたりで」

理人さんの首に両腕を回し背伸びして唇にキスをする。すぐに彼の腕が私を抱きしめ、濃厚なキスに夢中になる。

私をお姫さま抱っこした理人さんはバスルームへ歩を進めた。


凪子が日本へ帰り、いつもの日常生活を過ごしている。星さんから凪子が来ているときにランチのお誘いがあったが、理由を話して今度にしてもらった。

凪子が帰国してから四日後、星さんからの連絡でランチに行くことになった。

やっぱり星さんは好きだし、短時間のランチならいいのではないか。徐々に彼女から離れていく。それをちゃんと理人さんに話そう。

綺麗めなワンピースに着替えて、待ち合わせのレストランへ向かった。

場所はダウンタウンの高層ビルの六十階にあるレストランで、一階に専用の入り口があり、直通のエレベーターで行ける。

レストランに赴くと、星さんはすでに到着していて、にっこり私に手を振る。

私も時間より少し早めにと心がけているけれど、星さんはいつも早く来て待っていてくれる。根が真面目なのだろうと思う。

「こんにちは。いつもお待たせてしまってすみません」

スタッフの案内でテーブルに着いて早々、星さんに謝る。

「待っていないわ。それに彩葉さんは時間よりも早いわよ。それよりも数分私が早いだけ」

優しい星さんに笑みを浮かべてから、窓の外の景色を褒める。

「素敵なレストランですね」

今、眼下に広がるのは海やブルックリン橋、マンハッタンの眺望だ。

「ここは私のお気に入りなの。と言っても、お客様にご紹介いただいたレストランなんだけどね。さてと、オーダーしましょう」

星さんにメニューを渡されて、私は魚のムニエルのランチメニューを、彼女は肉料理をオーダーした。

「先日は、せっかくお誘いいただいたのにすみません」

「大学のお友達が来てくれたなんて、うれしいわね」

「はい。夏休みにここしか思い浮かばなかったと。楽しい時間でした」

料理が運ばれてきて、それを食べながら、コニーアイランドへ行った話もした。

「ふふっ、夏に行ったら混んでいたでしょう?」

「それはもう。ビーチにすごい人がいましたが、それが目的ではないので。とても良かったです」

ボールゲームの話などもすると、星さんがうらやましそうに溜息を漏らす。

「私も行きたくなっちゃったわ。篠宮様は運動神経もいいのね」

「はい。完敗でした」

あのときのことを思い出すと、星さんの件では雰囲気が悪くなってしまったが、今となっては楽しい思い出になった。

あのピンクうさぎはリビングのソファに座らせている。

パッションフルーツのジェラートを食べている私たちのテーブルに影が落ちる。

顔を上げた先に、白髪の体格のいい男性が立っていた。

今まで日本語で会話をしていた星さんは驚いた顔になって、『ロペスオーナー！いらっしゃったんですか』と、英語に切り替えた。

『ああ。ノアが目に入ったんでね。それと美しい女性にも』

年齢は六十歳くらいだろうか。

男性は私へ視線を向けて笑みを浮かべる。

そして彼は、自ら高級交際クラブを経営していると自己紹介する。

この人が、星さんが働いている高級交際クラブのオーナー……。

口髭のあるロマンスグレーの男性で、どっしりと構えているところはマフィアのような大物感がある。

ロペス氏は通りがかったスタッフに、私たちの食事代を自分が支払うと伝えている。

『それは困ります』

私はロペス氏にきっぱり伝えるが、彼はニコニコと笑って『いえいえ。これも美しいあなたに出会えたことの感謝ですよ。ミズ・ノア。ぜひ素敵なご友人をお茶に誘いたい』と口にする。

星さんは困った様子。雇い主には断れなさそうな雰囲気があった。

『……では、少しだけ』

『良かった。では、行きましょう』

ロペス氏は笑顔で、紳士的に私の椅子を引いて立たせる。

食事代をロペス氏が払っている間に、星さんが「ごめんなさいね」と謝る。

「いいえ。かえって支払っていただいてしまって……」

「それはいいのよ。お金は使いきれないほど持っている人ですもの」

そこへロペス氏が戻って来た。

ずっとにこやかに笑っていて胡散臭いイメージを受けるが、星さんの手前もあり、ロペス氏の迎えの車に乗った。

ロペス氏の車がどっしりとした石造りの建物の前に止まった。

あちこち歩き回っているせいかニューヨークの土地勘も出てきて、走っている道を見てアッパー・イーストサイドであることがわかる。

セントラルパークの東側でそこからそれほど離れていなく、高級ブティックや高級住宅地でもある。

『ロペスオーナー、カフェへ行くのではないのですか？』

星さんが助手席に座るロペス氏に尋ねる。

ここはカフェじゃないの？

アッパー・イーストサイドのカフェへ行くのかと思っていた。車窓から建物の方を見たが、カフェがあるのかどうかわからない。

『ノア。どうせなら君が働いている店を案内してはどうかと思ってね』

『……彼女は興味ないと思います』

星さんは遠慮がちに言葉にするが、ロペス氏は笑って一蹴《いっしゅう》し、運転手が外から開けたドアから車を降りる。

私たちが座る後部座席のドアも運転手が開けて促される。

「彩葉さん、ごめんなさい。オーナーはうちの店を見せたいみたい。コーヒーを飲んだら帰りましょう」

「大丈夫です。コーヒーをいただいたら帰りますね」

まだ十四時にもなっていない。外は明るいし星さんが働いているところだ。特に恐れることはないと考えて車から降りた。

石造りの建物は十階建てで、そのビルの五階にロペス氏の店があった。入り口には黒いスーツを着たボディガードがふたり立っている。

高級交際クラブというのがわかる豪華なインテリアだ。

店の天井から大きなシャンデリア、白いグランドピアノ。壁紙は白と金のハイブランドの物のように見受けられる。

テーブルやソファも白で、とても清潔感があった。

お店の中は涼しくて、外から入ると気持ち良さにホッとする。

『どうぞ、お座りください』

ロペス氏はひとつのソファを私に勧める。

『ありがとうございます』

『ロペスオーナー、私がコーヒーを淹れてきます』

『いや、私がやるからミズ・ノアは座って彼女と話をしていなさい』

星さんは私の隣のひとり掛けのソファに座った。

「素敵なお店ですね」

「来てくださるお客様が落ち着けるようにというコンセプトを基に、清潔感のあるインテリアにしたようよ」

「オーナー自らコーヒーを淹れてくださるなんて、申し訳ないですね」

「コーヒーを淹れる趣味もおありだと聞くわ」

部屋の端にはおしゃれなカウンターバーがあり、その向こうにロペス氏が動いている。

『お待たせしました』

数分後、ロペス氏がコーヒーを運んできて、私たちの前に置く。そして彼も私たちのテーブルに着いた。四人掛けのテーブルで、ロペス氏は私の前に座る。

『チョコレートの風味があるとっておきのコーヒーの豆を挽きました』

勧められてコーヒーの香りを嗅ぐと、彼の言うとおり甘い香りがする。

砂糖とミルクもあったが、いつもそのまま飲む。

『いただきます』

ひと口飲んでみると、とてもおいしい。

『ブラックコーヒーなのに、ほんのり甘味があって好きです』

『それは良かった。おいしい豆なんで、来ていただいたんですよ。それと、ご提案があるのですが』

『提案……ですか？』

カップをソーサーに戻し、首を傾げる。

『あなたはとても美しい。どうですか？　うちで働きませんか？』

『と、とんでもないです。働くことは考えていませんから』

『ロペスオーナー、彼女は——』

『君は黙っていなさい』

ロペス氏は怜悧な表情を星さんに向けてから、私に顔を戻す。その顔はにこやかで、背筋に寒気を覚える。

この空気を払拭《ふっしょく》したくて、コーヒーを口にする。

『私は彼女が気に入った。美しい日本人は顧客から人気があるんですよ。君ならノアよりも売れるでしょう』

『ロペスオーナー！　本当に彼女はこんな仕事をする人ではないんです』

星さんが言いきるも、ロペス氏は彼女を無視し、私の方へ前のめりになってテーブルへ腕を置く。

『売れる、売れないではありません。失礼になりますが、こういった職業は絶対にやりたくないんです』

アメリカはＹＥＳ、ＮＯをはっきり言わなければいけない。日本の曖昧《あいまい》な受け答えでは相手に誤解を生みかねない。

きっぱりと口にするが、ロペス氏は笑っている。

『まあ、よく考えてください』

『考える必要もありません！』

星さんには申し訳ないけれど、一刻も早くここを出たくて、ソファ椅子からすっくと立ち上がる。

その反動なのか、くらりと眩暈《めまい》を覚え、体がふらつきストンと椅子に体が沈む。

「彩葉さん？」

星さんが私の体を支えてくれるが、眩暈はおさまらない。

『オーナー！　彼女に何を⁉』

怒鳴っている声が聞こえるが、次第に腕を動かすこともままならなくなり、意識が暗闇に引き込まれそうだ。

「彩葉さん、大丈夫⁉」

「私……」

コーヒーに何か入れられたのだろう。

『私はなんでも思いどおりにいかなければ気が済まないたちでね。彼女を従順に働かせるにはこれしかないだろう』

ロペス氏はスーツの胸ポケットから金属の箱を取り出した。

『オーナー、彼女を傷つけないでください！』

『君は黙っていなさい。大事な商品に傷はつけないから安心しなさい』

テーブルの上に金属の箱を置き蓋《ふた》を開けた。中の注射器が見え、私は声にならない悲鳴を上げる。

『薬を入れれば君は気持ち良くなって、従順になる。君のような美しい女性を抱きたい富豪はたくさんいる。頑張って金をもうけてくれ』

「い、いやっ！」

理人さんっ！

こんなことに巻き込まれてしまった自分の浅はかさを後悔する。

もう会えないかもしれない……。

彼が話していた高級交際クラブの案件は、こういうことだったのだ。星さんと付き合えば、いずれ巻き込まれるのではないかと懸念していたのだ。

『止めてください！　オーナー！』

星さんは叫《さけ》び、私を立ち上がらせようとするが、体に力が入らない。

ロペス氏は腰を上げて近づいてくる。

星さんは私を立ち上がらせることを諦め、今度はロペス氏の腕にしがみつき阻止しようとしてくれている。

バシッと乾いた音が聞こえ、星さんが呻《うめ》き声をあげた。

「うっ！」

床の上に星さんが倒れる。

「ほ……し、さ……」

意識を必死に保とうとしていた私の耳に、ドアをドンドン叩《たた》く音が聞こえてきた。

ロペス氏も驚き、動きが止まった。

『動くな！　ニューヨーク市警だ！』

扉が開くと同時に、ピストルを構えた警察官たちがなだれ込んできた。

助かったの……？

意識が朦朧《もうろう》として、目も開けていられない。

「彩葉！」

え……？　理人……さん……？

幻聴なのかもしれないと思った次の瞬間、何もわからなくなった。

次に気づいたのは、病院のベッドだった。

うっすら目を開けると、私を見守るように見つめる理人さんがいた。

「良かった。気がついたか」

すぐに自分が何をしていたのか思い出して、言葉が出ない。

「吐《は》き気はないか？」

心配そうな瞳を向けられて、申し訳なくて目と目を合わせられない。

「彩葉？」

「……大丈夫です……ごめんなさい。ご迷惑をおかけしてしまって」

「何を他人行儀なことを言っているんだ？　愛する妻を心配するのは当然だろう？」

ふと、なぜニューヨーク市警の警官たちがあそこに現れたのか不思議に思う。

「薬は抜けたみたいだな。水を飲むか？」

「はい……あの、ロペス氏は見張られていたんですか？」

「彩葉を間一髪救い出せたのは、俺が君にボディガードをつけていたからだ」

支えられて体を起こした私は、聞きなれない言葉に理人さんを見つめる。

「え……？」

「ボディガードだ。俺のような男の妻は常に用心をしなくてはならない。彼からロペスのクラブに入った連絡を受けて、万が一のことを考えニューヨーク市警に協力を頼んだんだ」

ミネラルウォーターのペットボトルを渡されて、カラカラの喉を潤す。ゴクゴクと水を流し込んで一息ついてから口を開く。

「でも、危ない目に遭うとは限らないのでは……？」

「以前、星乃亜に同伴を頼んだのは、高級交際クラブの実態を探るためだったんだ」

「依頼者の娘が自殺し、突き詰めていくと、あの男の高級交際クラブが関わっていることがわかった」

だから、あそこに勤めている星さんに会わないように言ったのね……。

「自殺の原因は……？」

「薬で言うことをきかせ、体を売らされたからだ。セックスしか頭にないバカな富豪におもちゃにされて、絶望した彼女は自殺したんだ。まだ少女と言ってもいい年齢の娘だった」

私も助けが入らなかったら、同じ目に遭っていたのだ。

そう考えると、全身の血液がサーッと下がる感覚に襲われる。

「本当に無事で良かった」

泣きそうになっている私を、理人さんが抱きしめる。

「星さんも……体を……？」

「だろうな。とりあえず奴を捕まえられた。これから証拠を集め裁判だ。彩葉を怖がらせた代償は償わせる」

「理人さん、星さんも罪に問われるんでしょうか？」

「彼女は今、留置場だ。どれだけこの件に関与していたのか、他の従業員と共に取り調べられるだろう」

「星さんは私を助けようとしてくれていました。彼女は悪い人じゃありません」

「それは彩葉を騙すフリかもしれないだろう？」

「そんな……」

彼女の必死の形相を思い出すと演技とは思えない。私のために叩かれてもいたのだ。

困惑しているところへ医師がやって来て、バイタルなどを確認後、帰宅が許された。


自宅に戻ると、十八時を過ぎたところだった。それほど時間が経っていないのに、数日前の出来事のように思える。

「風呂に入りたいだろう？　今、用意をしてくるから少し待っていてくれ」

理人さんがバスルームへ向かおうとする背後から彼の腰に腕を回した。

「彩葉？」

動きが止まり、私は頬を理人さんの背中につける。

「色々心配かけてしまってごめんなさい」

「初めて肝を冷やしたよ。彩葉にもしものことがあったらと思うと、足も震えた」

理人さんが体の向きを変えて、私の正面に立つ。

「私を助けてくれて、ありがとう。理人さん」

囁《ささや》きに近い声でお礼を伝える唇が塞がれた。いつもよりも独占欲に満ちたキスで、愛されているのだと満ち足りた幸せを感じる。

抱き上げられてバスルームへ連れて行かれ、バスタブにお湯を張っている間、隣のシャワーブースで理人さんと私は愛し合った。


その日から私は自己反省もあって、自宅から食材の買い物以外は外出していない。

気になるのは星さんで、理人さんに聞いてもまだ留置場にいるとのことだ。

星さんがそのようなところにいると思うと、気が重い。

毎日夜遅く帰宅する理人さんだけど、今日は二十時に帰って来た。

シャワーを浴びた理人さんがテーブルに着く。

「冷やし中華は何年ぶりだろうか。春巻きもおいしそうだ。いただくよ」

喜んでくれている姿に、これから話す勇気が出てくる。

あの事件のことは、私から聞かないと理人さんは何も言ってくれないし、これ以上、話題に出してはいけない雰囲気だったから。

理人さんが食事を終えると、私はエプロンのポケットからふたつの通帳を取り出してテーブルに置いた。

「なんだ、これは？」

冷たいジャスミンティーを飲んだ理人さんは、通帳を怪訝《けげん》そうに見遣《みや》る。

「理人さん、これで星さんの弁護をしてください！　お願いします！」

通帳は理人さんが今まで私に送金してくれていたものと、自分が生まれた頃からお年玉などを貯めていた二冊。

もちろん理人さんの送金分のほうが金額ははるかに多い。彼に送ってもらったお金でお願いするのは心苦しいが、この二冊が私の全財産だ。

「弁護？」

「はい。そうです。留置場から出してあげてください」

理人さんは通帳を手にして開き、パラパラめくる。

「まったく……使っていなかったのか」

それから私の通帳へも目を通してから、形の良い口からため息を漏らす。

私の望みは叶《かな》わないのだろうか……。

「ごめんなさい。結局は理人さんのお金です。だから私の貯金を少しでも追加させてください」

二冊の通帳を私の前へ戻され、悲痛な顔を理人さんに向ける。

「ダメなのでしょうか……？」

彼の弁護士料がどのくらいの金額なのかわからないが、これでは無理ということなのか。

「金はいらない」

「え……？」

「彩葉の頼みだ。やってみるよ」

理人さんの口元に笑みが浮かぶと同時に、私は椅子から立ち上がり彼に抱きつく。

「理人さんっ！　本当ですか？」

「ああ。二言はない」

「ありがとうございます！」

理人さんは喜ぶ私のおでこにキスを落とす。

良かった……理人さんが彼女のために動いてくれればなんとかなるはず……。

それから一カ月が経ち、私と理人さんはニューヨーク・ジョン・F・ケネディ国際空港に来ていた。

私の目の前には明るい表情の星さんがいて、その手にはパスポートを持っている。

「篠宮先生、彩葉さん、ありがとうございました」

理人さんの弁護で星さんが留置場から出られたのが一週間前。

二度とアメリカの地を踏めない処分が裁判所から言い渡され、これから星さんは日本へ帰国する。

自殺した娘さんの件を彼女は知っていたが、それはほんの触り程度。知っていることを星さんはすべて供述した。

自殺の件に加担していたわけではないが、彼女は二度と渡米できないことを条件に帰国することになった。

ロペス氏はまだ留置されており、優秀な弁護士をたてているようだが、理人さんは負けないと不敵に笑う。

「星さん、お元気で」

「ご恩は忘れません。本当にありがとうございました」

星さんは微笑みを浮かべ頭を下げると、たくさんの人が行き交う中、保安検査場へ消えて行く。彼女の姿が見えなくなって、私は小さく息をついた。

「友人を失って寂しいか?」

理人さんの問いかけに、首を左右に振る。

「たしかにそれもありますが、星さんの笑顔を見て安堵したんです。もう大丈夫ですよね？」

「ああ。そう思う」

理人さんの腕が背中に回り出口に向かって歩き始める。

「もう少しで俺たちも日本へ行き結婚式だ。日本に少し滞在したければ俺だけ先に戻って来るが？」

「ええっ？」

驚いて立ち止まり、理人さんを仰ぎ見る。

「一カ月くらいご両親のもとに滞在するといい。甥っ子も生まれたことだしな」

「そんな……理人さんは私がいなくて寂しくないんですか？」

「寂しいが、彩葉の気持ちを優先したい」

「じゃあ、一緒に戻ってきます。私は理人さんを愛していますから」

にっこり笑みを浮かべると、理人さんの腕が背中に回りぎゅうっと抱きしめられる。

「俺も愛している」

顎を長い指ですくわれ、愛を紡いだ唇が私の唇を甘く蕩けるように塞いだ。

END

あとがき

ニューヨークがほぼ舞台で、彩葉がうらやましいと思いつつ執筆していました。理人のような旦那様、絶対に手放したくないですよね。

ダイエットを成功させた彩葉ですが、私も今までありとあらゆることをしました。一番は糖質制限とパーソナルジムの組み合わせでした。糖質制限は賛否両論がありますが。

カバーイラストは大好きな田中琳先生です。琳先生、三作目ありがとうございます。月日が経つのが早くあっという間に作家活動十二年目に突入。読者様のおかげで長く書き続けていられます。皆様、これからもご愛顧よろしくお願いいたします。

この作品にご尽力いただいたハーパーコリンズ・ジャパン社の皆様、編集担当の山本様、ありがとうございました。マーマレード文庫四周年おめでとうございます！

この本に携わってくださいましたすべての皆様にお礼申し上げます。

二〇二二年三月吉日　　若菜モモ

marmalade bunko
マーマレード文庫

円満離婚するはずが、帝王と呼ばれる
旦那様を誘惑したら昼も夜も愛されてます

2022年3月15日　第1刷発行　定価はカバーに表示してあります

著者　若菜モモ　©MOMO WAKANA 2022
発行人　鈴木幸辰
発行所　株式会社ハーパーコリンズ・ジャパン
東京都千代田区大手町1-5-1
電話　03-6269-2883（営業）
0570-008091（読者サービス係）
印刷・製本　中央精版印刷株式会社

Printed in Japan ©K.K. HarperCollins Japan 2022
ISBN-978-4-596-33391-9

m a r m a l a d e b u n k o